魔幻偵探所
42

怪醫

關景峰 著

新雅文化事業有限公司
www.sunya.com.hk

魔幻偵探所

人物介紹

南森

身分：魔幻偵探所創辦人、領頭羊

年齡：120歲

畢業學校：斯塔福德學院（伏魔系）

學位：博士

捉妖經驗：108年，獲得「捉妖能手」、「怪獸剋星」等稱號

性格：遇事鎮定、善於思考，生氣時聽到幾句好話氣就消了

最具殺傷力的武器：
顯形粉、捆妖繩、無影鋼鐵牆

海倫

身分：魔幻偵探所成員，南森的得力助手

年齡：13歲

畢業學校：劍橋大學（法術系）

學位：學士

捉妖經驗：1年

性格：開朗、逢事觀察細緻，吵架時總讓着本傑明

最具殺傷力的武器：捆妖繩、凝固氣流彈

本傑明

身分：魔幻偵探所實習生

年齡：11 歲

就讀學校：牛津大學（捉妖系）

捉妖經驗： 3 個月

性格：聰明淘氣、遇事毛躁

最厲害的戰術：非常規戰術

派恩

身分：魔幻偵探所實習生

年齡：10歲

就讀學校：倫敦大學魔法學院
　　　　　（反幽靈技術系）

捉妖經驗：1個月

性格：聰明活潑，非常好勝，有時
候喜歡誇誇其談

保羅

身分：魔幻偵探所機械狗

年齡：100 歲

工作能力：無所不知的電腦資料
庫，善於用百分比分析事物

性格：異想天開、調皮、懶惰

最喜歡的食物：潤滑油

最具殺傷力的武器：追妖導彈

特級裝備

捆妖繩

能夠對準魔怪迅速旋轉收縮，將它捆緊綁實，繩子一旦落到魔怪身上，就像嵌入肉裏，魔怪越掙脫綁得越緊。當然放繩子時可要放得準才行。

無影鋼鐵牆

這堵牆其實就是氣流，它把氣流變成了無影無形的鋼鐵牆壁，能將敵人困在其中，衝不出去。

顯形粉

這是一種非常神奇的粉末，即使魔怪偽裝、隱形了也完全能顯現出它的原形。對了，「顯形」就是「現出原形」的意思！

裝魔瓶

能把魔怪收進裏面，使其在三天內化成清水的神奇瓶子。即使魔怪身形再龐大，也能收進瓶內。

幽靈雷達

能夠準確測定氣流存在的方位，並及時發出警報的裝置。它能跟蹤、測定魔怪在哪裏。不過，如果魔怪的魔力非常強，幽靈雷達有時候也可能測不到，它的更強大的功能還有待你去改進！

追妖導彈

能夠自動尋找魔怪，進行智能追蹤的導彈，這種導彈威力比較大，一般魔怪根本抵抗不了。

魔幻偵探開始行動！

目錄

第一章　心理診所

「派恩，不要在我這裏搗亂。」海倫在自己房間的電腦前整理着偵探所的賬目——從南森購買的原料礦物到每天吃的水果，但是派恩在一邊纏着她説話，要和海倫玩賽車遊戲，海倫用生厭的口氣説，「沒看見我正忙着呢，你和本傑明下棋去。」

「你願意和一個贏了就得意洋洋、嘲弄對手，輸了就悔棋的人下棋嗎？」派恩很是認真地説。

「當然不願意。」海倫説。

「他也不願意。」派恩歪了歪腦袋説。

海倫瞪大眼睛看着派恩，隨即無奈地搖搖頭。

「你們兩個，尤其是你，派恩，一天到晚就知道鬧。」海倫看着派恩，「最近我們這裏比較忙，剛結束一個案子，回來後博士又繼續他的試驗，我每天給你們做飯，還要整理房間，你們能不能讓我別這麼累……」

「可是本傑明就是不理我呀。」派恩似乎還有些無辜，「這些天每天晚上他都去健身房練拳擊，也不肯帶我

8

去，當然我對這個也沒興趣，可是在偵探所裏呢，剛才看見我也愛答不理、昏昏沉沉的，就算我不和他下棋，玩遊戲他也不肯……」

「昏昏沉沉？你這麼說，早上我看到他也是一副有氣無力的樣子，是不是病了？」海倫警覺起來，她扭頭看看外面，「本傑明——本傑明——」

沒有回答聲，海倫一臉疑惑，又叫了兩聲，還是沒人回答她。

「他就在外面，看看，現在連你也不理了。」派恩說着向外走去，「我是個好心人，我去叫他……」

派恩出去了，他去了客廳，海倫繼續整理賬目。

「哇——本傑明——醒醒呀——」房間外，突然傳來派恩大呼小叫的聲音，「本傑明——你死了嗎——」

海倫聽到派恩的聲音後嚇了一跳，立即站起來跑向客廳。來到客廳，只見本傑明躺在沙發上，一動不動，眼睛閉着，派恩則在搖晃着他。海倫看到這樣的景象，嚇了一跳。

「本傑明，你不能死呀，你死了沒人和我吵架了……」派恩帶着哭腔喊道。

實驗室的門開了，南森和保羅衝了出來，他們也是聽

到派恩的呼喊聲後跑出來的。

「博士——本傑明暈倒了——」海倫上前看看本傑明，焦急地喊道，她也有點手足無措了。不知道本傑明怎麼會暈倒。

南森和保羅剛來到沙發旁，本傑明微微地睜開了眼睛，應該是被派恩的喊聲給驚醒過來了。

「博士……海倫……我……我頭暈……」本傑明的聲音孱弱，這和他平時跟派恩爭執時的樣子可判若兩人，「頭暈……」

「醒啦——醒啦——」派恩驚喜地叫了起來，「博士，急救水，魔法術，快救他——」

「你也是個魔法師。」海倫看看派恩，埋怨地説，「急救水只能治癒攻擊造成的內外傷，本傑明應該是生病了，喝多少急救水也沒辦法。」

南森伸手摸了摸本傑明的額頭，並不發燒，但是本傑明臉色蒼白，呼吸也不均勻。

「生病了，這種情況還是去醫院吧。」南森説，「我看問題不大，但是要去醫院看一下。」

「去年這個時候，本傑明就感冒了，去醫院看看，兩天就好了。」保羅説，「還是去家庭醫生那裏吧，希爾兒

童保健醫生診所。」

「對，去希爾醫生那裏看看吧。」南森點點頭，「本傑明，你怎麼樣？我們去家庭醫生那裏看病。」

「我頭暈，起不來。」本傑明有氣無力地説。

「海倫、派恩，扶他起來，我們去醫生那裏。」南森説着去開門，「我去開車……」

「起來吧，本傑明。」海倫把本傑明扶起來，「你的醫療卡號碼……哦，我忘記了，不過我存在了我的手機裏，去年存的。」

「我的號碼呢？你也存在手機裏了吧？海倫。」派恩把本傑明的一隻手搭在肩膀上，「不過我不需要，我不像本傑明這麼弱不禁風……」

海倫和派恩攙着本傑明進了汽車，保羅也跳進車裏，南森立即開車前往希爾醫生診所，診所不遠，就在近兩公里的富爾頓中心大廈裏。

富爾頓大廈的二樓，有很多醫療診所。派恩和海倫攙扶着本傑明，來到了希爾醫生診所。來的路上，海倫就進行了電話預約，接電話的護士説看診的人不多。南森他們進了大廈，保羅留在了車裏，診所這個區域不讓帶寵物，保羅也沒必要解釋自己是一隻機械狗。

12

　　來到希爾醫生診所，大家在護士的引領下，把本傑明抬到了診室裏。本傑明被放到診症牀上，臉色還是蒼白，看上去很可憐。

　　「噢，本傑明，我記得這個孩子。」希爾醫生說着走了進來，他大概四十多歲，個子不高，臉色紅潤，他的脖子上掛着聽診器，「噢，南森博士，我也記得，有名的魔法師……本傑明哪裏不舒服呀？」

　　「說是頭暈，無力。」南森連忙說，「希爾醫生，看起來沒有發燒。」

　　「好的，我知道了。」希爾醫生站到了本傑明身前，「我來吧，放心，我看這孩子沒什麼，看看，多可愛的孩子……」

　　診室擠了這麼多人，的確小了。南森他們連忙退出，來到候診區坐卜。候診區只有南森他們，派恩和海倫都有些緊張，上次本傑明感冒，也僅僅是覺得頭暈，但是並不需要攙扶他來到診所，這次需要海倫和派恩架着走路。

　　「剛才要不是我用力托着，本傑明就要摔倒呢。」派恩憂心忡忡地說，「本傑明，不要有什麼事。」

　　「他平時身體一直很好的。」海倫跟着說，「怎麼一下就病了？我看他這些天都好好的呀，我有哪裏沒照顧到

13

嗎？」

「沒事，沒事。」南森寬慰地說，「偶爾得一次病也正常，希爾醫生可是兒科專家，本傑明交給他，大家放心吧，再說我剛才也看了，本傑明沒有發燒。」

「看上去這個醫生就像一個專家，很有水準的樣子。」派恩點頭附和着。

「這邊的醫生都像是專家。」海倫比劃着說，他們剛才走到這間診所前，從幾間診所經過，診所大都開着門，海倫看到了幾個醫生。

他們在候診區等了十多分鐘，海倫的手機傳來震動聲，海倫掏出了手機。

「保羅來問情況。」海倫邊說邊開始在手機上打字回覆，「醫生在看了，你再等一會……」

「怎麼還不出來……」派恩焦急地看着診室那邊，「嗨，本傑明？你？」

只見本傑明笑嘻嘻地從診室裏出來，徑直向大家走來，派恩愣住了。剛才，就是十多分鐘前，本傑明可是被架着進去的，現在他臉色也正常了，而且是什麼都沒有發生過一樣自己走了出來。

「博士，我好了。」本傑明走過來，很是開心地看着

南森，「醫生説是低血糖⋯⋯」

這時，希爾醫生也走了出來，看到派恩和海倫都直直地看着自己，希爾醫生明白他們的意思，笑了笑。

「沒事了，是低血糖。」希爾醫生走過來解釋，「給他吃了幾塊方糖，血糖濃度上來後，在裏面稍微休息了一下，好了。原因我也清楚了，本傑明前幾天接連在健身房劇烈運動後，都沒有適當補充水分，這幾天也很少吃含糖量較多的食物，導致了早上突發的低血糖現象。今後劇烈運動後要及時飲水，平時的膳食搭配要均衡⋯⋯」

「啊呀本傑明，你剛才可嚇死我了。」海倫説着就打了本傑明一下，「你以後可要好好聽醫生的話呀。」

「本傑明，看看你，和我在家裏下棋多好，偏要去運動。」派恩趁機抱怨起來。

「謝謝，謝謝醫生。」南森站起來，帶着歉意説，「我確實沒有關注到這點，今後我一定注意這些事，真是太感謝了，我們剛一直説你是專家呢。」

「你們過獎了。」希爾醫生笑了笑，「啊，這種情況最好還要留下十五分鐘到半小時，觀察一下。放心，這是個程序，十五分鐘吧，十五分鐘後看看沒什麼事，你們就可以回去了。在這裏坐着或者去裏面的診室坐着都行。」

　　「我在這裏坐，十五分鐘。」本傑明連忙坐下，「謝謝醫生。」

　　希爾醫生點點頭，回了診室。南森他們這下都放心了，全都很高興。本傑明和往日一樣了，他坐在那裏，南森讓他一定要聽醫生的話，在大運動量的活動後注意補充水分。

　　「來，我看看……」派恩伸手摸了摸本傑明的額頭，一本正經的，「嗯，不發燒，血糖也正常了，但是有神經病的跡象。」

　　「一邊去。」本傑明推了派恩一把，「不過剛才我雖然頭暈，但是還能看出來，你還是很關心我的，這次就不把你打死了……」

　　「我是怕沒人和我下棋，我才不關心你呢。」派恩連忙說。

　　「噢，別鬧了。」海倫連忙說。

　　「本傑明，在這裏好好地坐着，一會我們就回去。」南森說着站了起來，「我去外面走走，我來給老伙計打個電話吧，讓他再等一會。」

　　南森說着走了出去，他拿出電話，向前面的窗口走去。這時，他身邊的一間診所的門開了，裏面走出來一個

護士，南森下意識地向裏面看了看，裏面有個醫生，走到前台，從那裏拿過一張很大的紙，邊走邊拿着看。

診所門口有牌子——萊德醫生心理診所。南森看了看牌子，走到了窗邊。

「喂，老伙計，本傑明很好，是低血糖，補充了糖分，完全好了，觀察十五分鐘就可以回家了……」

診所裏，本傑明比較少有地和派恩愉快地説着話，海倫則翻看着自己的手機，很快，十五分鐘就過去了。希爾醫生從診室裏走了出來，本傑明和派恩立即停止説話。

「感覺怎麼樣？」希爾醫生關切地問。

「很好，非常好。」本傑明站了起來。

希爾醫生認真地看着本傑明，隨後點了點頭。

「很好，你可以回家了。」希爾醫生滿意地説，「記得劇烈運動後補充水分。」

「記住了。」本傑明連忙點着頭説。

「博士呢？」海倫也站了起來，她看看四周，沒有看到南森，他們是要一起回去的。

這時，南森從外面匆匆走了進來，他看到大家，抱歉地笑了笑。

「沒事了吧？」南森走過來問。

「一切正常。」希爾醫生點點頭,「你們可以回去了。」

「非常感謝。」南森伸出手,和希爾醫生握手,「下次再……哦,和醫生還是少見面吧,哈哈……」

希爾醫生也笑了。大家告別了他,離開了診室。

經過萊德醫生心理診所,南森看了看,診所關了門。南森此時的臉色不知怎麼有些陰沉,不過小助手們都沒怎麼注意到。本傑明繼續和派恩說說笑笑的。他們下到樓下,南森把車開來,他們都上了車,回到了偵探所。

一路上,南森都沒怎麼多說話。回到偵探所後,他先讓本傑明去喝水,海倫不放心地又去拿了幾塊巧克力,讓本傑明吃了。

南森坐到了電腦前,開始查閱什麼。大家都沒有在意南森,他卻顯得非常嚴肅。

「……不能再吃了,我本來就不太喜歡吃甜的。」面對海倫又拿過來的幾粒糖,本傑明皺着眉,「我以前一個月也吃不了這麼多糖和巧克力。」

「我就是不放心呀……」海倫硬把糖塞給本傑明,「那你就當藥吃吧。」

「他不吃,給我。」派恩在一邊說,「我吃多少都沒

事。」

「我這是給本傑明治病呢。」海倫擺擺手，「派恩，哪裏都少不了你。」

「本傑明已經沒事了。」保羅在一邊插話說，他先是跳上沙發，再跳下來，看到本傑明康復，他很高興。

「你們幾個，都過來一下。」南森的話傳來，聽得出來，他的語氣有些沉重，像是有什麼事發生了一樣。

第二章　巫魔赫萊格

海倫他們連忙來到南森那邊，南森面前的電腦開着，熒幕顯示出一個中年男子，那樣子很是冷漠，目光非常不友好。

「這個人，叫赫萊格，一個巫魔，格拉斯哥魔法師聯合會通緝的要犯。」南森指着熒幕上的那個男子，「巫魔，你們知道，邪惡的巫師，身體中有些部分已經變化成魔，非常危險。這個赫萊格是五年前在蘇格蘭的格拉斯哥逃脱的，格拉斯哥魔法師聯合會通告全球各地魔法師聯合會進行抓捕，至今還未落網。」

小助手們都緊張起來，似乎有什麼事發生了。海倫看看南森。

「這個巫師……巫魔……我們要去抓他嗎？他在倫敦？」

「希爾醫生診所旁邊，有一間萊德心理醫生診所，我好像看到這個人了。」南森一字一句地説，「穿着醫生服，低頭看着什麼。但是我不能完全確定，這人的面貌有

20

了很大變化。」

南森的話震驚了小助手們，本傑明一次小小的生病，讓南森看到了一個危險的逃魔。

「那間診室一直關着門，偶爾有個護士出來，我才發現裏面的情況。」南森解釋説，「後來我隱蔽在附近，通過透視眼觀察裏面，但是裏面的房間結構可不是完全敞開並只有一間的，醫生的辦公室在裏面，影響了我的觀察，後來那人又走出來一次，但是馬上回去了，我還是無法確定。回來後我找到以前的通緝協查通報，我確認看到的那個醫生就是赫萊格的可能性更大了。」

「那就去抓呀，現在就去。」派恩急着説，「居然敢冒充醫生，赫萊格以前根本就不是醫生吧？」

「不是……不過我們不能這麼冒失，如果抓錯了可个好。」南森擺擺手，「這人的面容變化還是比較大的，我是因為他有些怪異的耳形引起注意的，赫萊格的耳朵幾乎平貼，這種情況也不能説罕見，關鍵是他的手臂，我能看出來，兩隻手臂的長度是不一樣的。事實上，根據格拉斯哥魔法師聯合會對赫萊格的通緝協查通報描述，他曾在一次和另一個巫師的打鬥中負傷，右臂的上肢被截去七厘米，所以兩隻手臂的長短不一樣，走路、拿東西都和常人

有區別。」

「博士，這樣的特徵比較明顯了。」本傑明略微有些猶豫地說，「可不能放過他，所以派恩說應該馬上去抓他……」

「我的意思是，先展開調查。如果他真是赫萊格，也不會知道我們發現了他，所以我們有時間。如果調查發現這是一個烏龍，就是一個外貌特徵相似的人，我們自動中止任務即可，不會傷害到別人。」南森非常認真地說。

小助手們都點着頭，認可南森的這個做法。

為了順利展開調查，南森先把赫萊格的總體情況告訴了幾個小助手。他是一個巫魔，本質還是巫師，所以無法用魔怪探測設備檢測他。這個赫萊格長年生活在格拉斯哥地區，從小練習巫術，變成巫師後又追隨一個魔怪後升級為法術高超的巫魔，因為利用魔法殺害一個人，被魔法師追查到了行蹤，但是在抓捕時，他躲在一間老屋的二樓上，一個魔法師踩斷一根老舊的木台階，被他察覺到後，僥倖逃脱。格拉斯哥的魔法師聯合會因此發布了協查通報，全球通緝他。

根據格拉斯哥魔法師聯合會的通報，這個赫萊格魔力非常高，也極其殘暴，自從逃脱以後，就再無下落。不知

道他怎麼能以一個心理醫生的身分出現在倫敦，所以說南森的擔心也是有道理的，萬一抓錯了人，那麼對真正的萊德醫生，對魔幻偵探所，影響都是很大的。

按照南森的構想，魔幻偵探所的成員兵分三路，海倫和保羅，裝扮成遛狗的路人，對萊德醫生拍照，回來後和通緝協查通報裏描述的身體特徵進行比較。本傑明和派恩在家和格拉斯哥魔法師聯合會聯繫，看看有沒有赫萊格進一步的資料，還有他們近年來追捕赫萊格的資訊和進展。南森親自去倫敦市的醫學總會，查詢在富爾頓大廈開業的萊德醫生的資料，還要去富爾頓大廈管理處查詢萊德醫生的情況。總之，就是全方位調查，如果發現疑點，那麼就要堅決追查下去。

未到中午，大家就展開行動。海倫這邊稍微輕鬆一點，因為萊德診所的營業時間到下午四點，海倫只要三點出現在大廈旁就可以了。本傑明和派恩一個打電話，一個上網，查詢着想要得到的資料。南森則開車出了門，他要先去醫學總會。

海倫是下午三點多到達富爾頓大廈的，她和保羅守在大廈大門不遠處的一個小小的街心花園裏，海倫已經通過網站查詢到了萊德心理醫生診所的資料，上面有萊德醫生

的照片，她記住了萊德醫生的模樣，現在要對他進行全身的拍照。

下午四點剛過，萊德醫生就從大廈裏走出來，當即被海倫發現。海倫牽着保羅，假裝遛狗，保羅當然知道怎樣跟着萊德，其實他也要對萊德進行錄影。

萊德從大廈出來後，徑直向停車場走去，海倫迎面走了過來，她拿起手機，假裝自拍，其實鏡頭對着萊德，萊德毫無察覺。海倫和他側身而過，感覺到萊德走過去之後，保羅轉身跟上萊德，海倫對着萊德的後背拍照。

萊德進到停車場裏，海倫站在停車場門口，萊德開車出來後，海倫對着他的汽車拍照，拍下了他的車牌號碼。

「完成。」萊德開車遠走後，保羅回身看着海倫，「我拍了整段的影片，你拍得清楚嗎？」

海倫和保羅回到了偵探所。本傑明和派恩已經完成了他們的工作，格拉斯哥魔法師聯合會聽説他們跟蹤到了疑似的赫萊格，非常興奮。他們願意盡力地提供幫助，赫萊格逃脱後，他們展開了全面追蹤，儘管沒有抓到赫萊格，但是他們存有大量的線索報告，有一個目擊者甚至聲稱在德國看到過赫萊格。格拉斯哥魔法師聯合會把追蹤報告全部發送了過來，並説能最大可能地提供幫助。

　　派恩通過魔法師聯合會內部的互聯網，根據赫萊格的犯罪特徵，查詢近年來類似的殺人案件以及被查獲的巫魔案件，發現這些案件並不多，已經知道的幾宗案件，兇手都被擊斃，還有一名被關押起來，並未在其他地方發現有新的、類似赫萊格那樣的殺人案件。

　　南森出去了一個下午，還沒回來。海倫把拍好的赫萊格的照片輸入進電腦，進行了編輯，她把赫萊格的頭像和萊德的頭像進行了電腦比較，果然，電腦顯示除了耳形外，赫萊格的眼睛和萊德的眼睛近似度極高，其他部位如鼻子、嘴唇等相差很多。

　　「如果這個萊德就是赫萊格，那一定進行過整容。」保羅分析說，「使用魔法改變自己的容貌也是可以的，但是這一般都是應急時採用，耗費魔力的，整容後就可以不耗費魔力地隱去自己的本來面目了。當然，目前的整容手術不能徹底改變一個人的面貌，但是大體外貌完全可以改變。」

　　「如果不是呢？僅憑目前掌握的這些，還不能完全確認兩個人其實就是一個人。」本傑明說，「等等博士的消息吧。」

　　本傑明話音剛落，門就開了。南森從外面走了進來，

派恩立即迎了上去。

「別着急，別着急。」南森不露聲色地關上門，他當然知道派恩急着上來是想問自己的調查結果。

海倫給南森倒了一杯水，南森把手上的一個資料夾放在了桌子上。

「我剛才找了警察局的麥克警長，請他協助我進行調查，我們剛分開。」南森坐在沙發上，緩了一緩，「從醫學總會了解到的情況，這個萊德一切行醫的手續都是正常的，他是大概一年多前申請診所開業的，一年前診所正式開業，他不是本地的醫生，他是新西蘭人，畢業於奧克蘭大學心理學系，今年五十一歲，曾在新西蘭開業，後來診所結業，搬來倫敦開業。」

「不是本地的呀。」海倫皺着眉，「這會影響全面的調查。」

「沒錯，如果查到萊德在新西蘭的情況，比如照片等，和我們這邊一一對上，才能確認他的身分沒有疑點，否則就會有懸空未解決的問題。」南森點了點頭，「但他在新西蘭的情況要發函去當地調查，麥克警長去辦了，需要警方出調查令，但是這可需要時間了。」

「從大廈管理處了解到的情況呢？」海倫急於知道另

外一處的調查結果。

「富爾頓大廈管理處接待了我和麥克警長，從他們那裏得到的資訊，看來這個萊德醫生是個很奇怪的醫生。」南森環視着小助手們説道。

「怎麼怪？」本傑明和派恩一起問。

「首先，他的病人很少，富爾頓大廈的租金可是很貴的，但是他每個季度繳納的租金從不拖欠。」南森説，「按照這樣的病人流量，他根本賺不到什麼診費，但是他納稅、繳納租金、支付護士工資，都很正常。另外，他對周圍診所的醫生和管理處的辦事人員，從來都是很冷漠的，能不説話就不説話，上班就進診所，下班就回家，人家和他打招呼也就是勉強點點頭，當然，這可能和個人性格有關。」

「病人少也能按時支付費用……」海倫想了想，「也許以前有很多積蓄，支撐到現在。」

「也有這種可能，不能因為這點就懷疑他。」南森點了點頭，「你們這邊進展呢？拍照了吧？」

「全都好了。」海倫點點頭，「照片非常清晰，沒有被他察覺，保羅還進行了錄影。本傑明他們這邊也聯繫了格拉斯哥的魔法師聯合會……」

　　南森連忙開始研究海倫他們收集到的資料，他仔細比較萊德和赫萊格的照片。隨後，他開始查看格拉斯哥魔法師聯合會對赫萊格的持續追蹤報告，看完之後，南森的表情略顯憂慮。

　　「格拉斯哥方面，對赫萊格進行追蹤，得到來自德國的目擊報告，還追蹤到了德國，但是一無所獲。」南森手裏拿着列印好的報告，「能追到德國去，説明目擊報告高度可信，否則也不用追過去……可是赫萊格怎麼會在德國呢？這點他們也不了解，而赫萊格現在是否還藏身在德國呢？」

　　「你是説他根本就沒再回來過？」本傑明問。

　　「是的。」南森點點頭，「但是，從海倫直接拍到的照片看，萊德和赫萊格雙目的相似度太高了，我們假定赫萊格做了整容手術，鼻子、嘴唇、顴骨等部位都是相對比較容易處理的，但是眼部的外形變更難度較大，耳朵則根本被赫萊格忽略了，所以萊德的眼睛和耳朵和赫萊格高度相似，目前只能這樣判斷。」

　　「還有手臂。」海倫認真地説，「我和保羅都拍下來了，他的一隻手臂長，一隻短，行走的時候雙臂的擺動有明顯的特徵。」

「我在診所裏也是看到這一特徵才特別關注的。」南森若有所思地說，「現在，我們能找到三個契合點，眼睛和耳朵的外形，手臂的不同，所以，從這三個方面看，這不像是巧合……我認為不能就這麼等新西蘭那邊傳過來核實的資訊了。」

「你是說赫萊格危險太大，我們不能等着資訊匯總？」海倫看看南森。

「是的，如果萊德就是赫萊格，這樣一個巫魔就隱藏在富爾頓大廈裏，太危險了。我們都知道，隔壁就是兒科診所呀，所以我們絕對不能等。」南森的語氣非常堅決，「我們要主動出擊，先去摸清萊德到底是什麼人。」

「怎麼出動出擊？」派恩問，「沒弄清他是誰之前，肯定不能就去抓他，還有別的辦法識別他嗎？」

「這要你派恩出面了。」南森忽然說，他很認真地看着派恩。

第三章　試探

「我？」派恩一愣，「我去抓他？啊，雖然我是天下第一超級無敵魔幻小神探，但是我還是有些不足的地方，萬一打不過他……」

「派恩，不需要你去抓他。」南森擺擺手，「你去他的診所，假裝去看心理醫生，讓他為你診治，從中觀察他，了解他，看看他是不是一個冒牌的醫生。根據我們的資料，赫萊格幾乎都沒有工作過，更沒有任何從醫經歷。最關鍵的，你要從中觀察他有沒有巫師、魔怪的特殊反應，你是魔法師，你能觀察出來，普通人不行。」

「好的，我去，現在就去，我只要看一看，就能知道他是個什麼人，我不怕他……」派恩連忙說。

「不要着急，更到不了打打殺殺的地步。」南森微微一笑，「我們要把這件事辦得圓滿，不能露出一絲一毫的破綻，我們現在還缺一個人，就是派恩的監護人，一個孩子自己跑去看心理醫生，感覺會很怪，所以我還想把麥克警長請來，讓他假扮派恩的父親，領着派恩去看醫生。」

「麥克警長？」派恩眨眨眼，「年齡倒是符合。」

「博士，為什麼叫派恩去，我也想去……」本傑明突然插話説，「派恩可沒什麼經驗，一天到晚暈頭暈腦的，不要把事情搞砸了。」

「本傑明──」派恩立即叫了起來，「你又説我，看看你生病時我怎麼對你的。」

「我知道，我很感謝你。」本傑明一本正經地説，「可這是破案呀，我説的是實情，你的確經驗不足。」

「這裏有我全面的考慮……」南森説着看看海倫，隨後又看着本傑明和派恩，「你們看，海倫在點頭，她知道我的考慮是什麼……我經常上新聞，是個名人，本來我帶派恩去最合適，但是萬一被認出來，那就打草驚蛇了，赫萊格一定知道我是魔法偵探。另外海倫和本傑明也一樣上過新聞，只有派恩，來的時間短，去的時候我們再稍微化妝，不會被認出來，麥克警長更不會被認出來，所以他帶着派恩去，是最合適的。不過必要的防範措施是會有的，我們也要去，就埋伏在一邊，一旦有危險，我們立即衝進去。派恩還好，麥克警長是普通人，不會魔法，方方面面我們都要考慮到。」

「博士，我明白了。」本傑明點點頭，「麥克警長

領着派恩去，假裝看病，赫萊格不認識他倆。看什麼病呢？我看派恩確實有一些心理問題，比如説自高自大，愛吹牛，目中無人——特別是沒有我，這些都是他的心理疾病，確實要好好看一下。」

　　「本傑明——」派恩大叫起來，「我天下第一超級無敵魔幻小神探什麼時候愛吹牛了……」

　　「現在！現在！」本傑明立即回擊，「我可是讓你把戲做足，看上去就像是真的去看心理醫生一樣，否則你還

是會被發現不是去看病的。」

「本傑明說的這些是我們要考慮的一點，我們應該以怎樣的原因去看心理醫生，這一點我會和麥克警長商量……」

晚上，麥克警長來到了魔幻偵探所，南森把自己的詳細計劃告訴了麥克，麥克很願意配合這次調查，多年從警的經驗，令他也會從一些細節看出對方是否說謊。

第二天一早，萊德心理醫生診所九點開始上班，麥克就在偵探所裏給診所打了電話，詢問是否可以去看診。護士回覆說可以，掛了電話後，大家都興奮起來。試探可以進行了，小助手們都期望這次看診能識別出萊德醫生的真實面目。

南森開車來到富爾頓大廈。停車場裏，大家都沒有急着下車。

「這兩個東西。」南森把兩個硬幣大小的物體交給麥克和派恩，「緊急警報器，放到口袋裏、悄悄拿在手裏都行，如果遇到危險，用力擠壓一下，我們會立即接到警報，進去救你們。」

「博士，你想得真是周到。」麥克和派恩接過緊急警報器，拿在手上看了看，派恩說道，「放心吧，我們能觀

34

察出他的不對，他不會發現我們什麼的。」

「要特別小心，派恩，你是魔法師，注意保護麥克警長。」南森關切地説，「記住不要硬拚，找掩護或及時撤出來，剩下的交給我們，我們會待在消防通道，衝進去只需要五秒鐘時間。」

「是，我一定會保護好麥克警長。」派恩保證地説道，他看着麥克警長，「我看看你，你和我長得還真有點像呢，可以騙過那傢伙。」

「你戴眼鏡的模樣我們真不太習慣。」海倫笑笑説。

派恩此時已經被簡單地化妝，頭髮染成黑色，還戴了一副黑框眼鏡。他倒是很滿意自己這樣的打扮，説自己像一個荷里活的童星。

「老伙計，你留在車裏，如果我們展開攻擊，會通知你，你立即到樓下，巫魔要是跳窗逃走，而我們沒有及時追出，你可以實施導彈攻擊，但是一定要注意不要誤傷他人。」南森最後叮囑保羅説。

「放心，我就是最後的防線，巫魔從我這裏跑不了。」保羅很是堅定地説。

大家一起下了車，向富爾頓大廈走去。此時不到十點，他們預約好看診的時間是上午的十點。

他們沒有坐電梯，而是從消防通道走了上去，在二樓的入口，南森他們停下。

「你們去吧，我們就在這裏。」南森小聲地説。

麥克警長和派恩點點頭，他們推開消防通道的門，進入了二樓，隨後向萊德診所走去。這時，一個護士迎面走來，派恩連忙低下頭。那個護士迎面走了過去。

「妝化得很成功，那是兒科診所的護士，昨天還看過我呢。」護士走以後，派恩對麥克説，「都沒有認出我來。」

麥克點點頭，指了指萊德診所的門，派恩也點了點頭，他們就要進入狀態了。麥克來到診所門前，按下了門鈴。裏面隨即傳來「請進」的聲音。麥克推開了門。

「你們好。」前台後的一個護士站了起來，她大概三十多歲，微笑着，「請問有什麼需要幫助嗎？」

「我們預約了醫生。」麥克點了點頭，「我是麥克，我的兒子是派爾，剛才我打過電話。」

「好的，我有紀錄。」護士看了看紀錄本，「你們先登記一下，稍等，我打電話給醫生。」

護士拿起電話，按下了電話上的一個按鍵。此時，派恩跟在進行登記的麥克身後，派爾是他現在的化名，他努

力地平復着自己的心情，就要見到萊德醫生了，他略有點緊張。不過看看麥克，一副平靜的樣子，完全就是一個家長帶孩子來看病，派恩放鬆了一些。

「……好的，我叫他們進來。」護士放下了電話，笑着看看麥克和派恩，做了個手勢，「向前走，醫生診室，萊德醫生在等你們。」

「謝謝。」麥克點點頭。

麥克寫好了登記單，很簡單，看診人姓名、年齡、電話、到達時間等。隨後，他帶着派恩向裏面走去。

來到醫生診室前，麥克推門走了進去。房間裏，萊德醫生就坐在辦公桌後，不過是在用一副毫無表情的面孔對着麥克和派恩。

「醫生，你好。」麥克走上前，點了點頭，「我想請你給我的兒子看一看……」

「你們都請坐。」萊德醫生比較有禮貌地點點頭，請兩人坐在自己對面的椅子上，「噢，先請問，你們怎麼找到我這裏的？」

「《社區醫療服務》手冊上看到的。」麥克連忙說。

「噢，從那麼多診所裏找到我們，很不錯。」萊德微笑着，「那麼……有什麼情況，和我說說吧。」

　　派恩看着房間，房間布置得很是整潔，擺設也比較簡單，裏面還有一扇門，關閉着，應該是個小房間。他看着萊德醫生，初看除了略有些冷漠外，當然看不出他有什麼巫師、魔怪的反應，派恩在仔細地觀察着他。派恩的試探手段，當然是有準備的。

　　「醫生，我的兒子派爾，是一個聰明的孩子，心地善良，成績優秀……」麥克說着看看派恩，「但是最近一段時間……他過於迷戀網路，每天玩遊戲的時間超過六個小時，周六、日更多，甚至能達到十二個小時，因此精神也變得很不好，在學校裏也昏昏沉沉的，我們也試圖讓他盡量少上網，但是成效不大。他說他已經擺脫不了網路了，一旦脫離了互聯網的環境，他就會出現冒虛汗、手顫抖的症狀，他自己其實也意識到這個問題，也想盡量不去上網，但是就是擺脫不了。我們父母和學校老師都覺得他應該出現了比較嚴重的心理問題，所以要請你給看看。」

　　派恩低着頭，一副緊張的樣子，他顯得比較局促，手都不知道往什麼地方放。

　　「噢，我明白了。」萊德醫生點點頭，他看着本傑明，「嗨，我說孩子，你幾歲了？」

　　「十歲。」派恩說道。

「你在哪所學校上學？」萊德又問。

「蘭開斯特小學。」派恩平淡地説。

「很不錯的學校。」萊德微微一笑，「你有朋友嗎？」

「有一個吧……」派恩想了想説，「算是朋友吧，我們在一起總是吵架，但又總愛在一起，他這個人其實不如我，但是一直都是自我感覺很好。」

「噢，好像每個人都有這樣的朋友。」萊德一直笑着説，「怎麼樣？你對學校的生活感到滿意嗎？有沒有不想去學校？」

「還好。我沒有不想去。」派恩看看萊德，目前，萊德一切正常，沒有發現萊德有巫魔的特點，「其實我也沒有什麼別的地方去。」

「噢，似乎有一點點消極，不過沒什麼，有些孩子是這樣的。」萊德説着轉向了麥克，「接下來，我要給你的孩子在裏面的治療室做一個單獨的治療。」

「好的，我在這裏等。」麥克説着看了看派恩。

「治療之前，我要做一個調查，這樣利於我的治療。」萊德説，「幾個小小的問題。」

「好的，你説。」

「你的工作是什麼？」萊德問，「還有他媽媽的工作……」

「他的媽媽在家，我是一名公務員，在市政部門工作。」麥克說。

「噢，很好的工作。」萊德說着笑笑，「夫妻的關係……和睦吧？」

「很好，我們之間很好。」

「嗯，真是不錯。」萊德點點頭，「和周圍的同事呢，包括鄰里之間的關係？」

「都很好。」麥克說着略有不好意思地笑了笑，「我們都是比較和藹的人，大家都喜歡我們。」

「沒有問題。」麥克說着站了起來，「你稍等一會，不會超過半小時……孩子，跟我來。」

派恩立即站起來，萊德從桌子旁轉出來，派恩的手「不經意」地從桌子上一掃，桌子上放着的一疊便利貼被碰到，掉了下來。

萊德稍微一俯身，接住了那便利貼。隨後把便利貼放到了桌子上。派恩觀察到他的兩隻手臂，他的右臂要短一些，但是行動自如。

「噢，對不起。」派恩連忙道歉。

　　萊德笑了笑，帶着派恩向裏面的房間走去。派恩看看麥克，隨後看了看便利貼。剛才萊德的動作非常敏捷，派恩已經按計劃開始對萊德進行測試了。

　　萊德把派恩帶進了診療室，診療室裏，有一張小桌子，桌子旁有個小櫃子，桌子前有把椅子。在診療室中央，放着一張能讓人半躺的沙發椅，診療室的牆壁全是淡綠色的。

　　「派爾，請坐到沙發上去。」萊德關好了門，隨後說道。

第四章　不太愉快的看診過程

派恩先是沒有反應，他猛地想起派爾是自己的化名，連忙坐到沙發上。他的身體半躺着，兩隻手扶着沙發椅的扶手，這個狀態令他感到很舒適。

萊德按下了一個按鈕，沙發後面落地窗的半透明窗簾自動關閉，整個房間暗了下來。派恩半躺着，盤算着萊德會怎樣治療自己，同時，他也要比較隱蔽地測試萊德。派恩的手伸進口袋摸了摸，他摸到了那個警報裝置，隨後把手拿了出來。

「請放鬆，請放鬆。」萊德的語氣變得非常緩和，「你可以閉上眼睛，請想想自己在雨後的森林中，一束陽光射進了森林……」

派恩才不去想呢，他會上網玩遊戲，但是絕對沒有那麼長時間，更沒有對網路的依賴成癮，當然，此時他表現得比較配合。

「互聯網對你很重要，對嗎？」萊德問道。

「是的，我喜歡上網玩遊戲，我就是喜歡玩遊戲。」

派恩説。

「其實世界很大,外面的世界同樣精彩,對你這個年齡的孩子,足球、滑板、籃球,同樣有趣,你不喜歡足球嗎?你難道不是阿仙奴隊或車路士隊的球迷嗎?或者是熱刺隊、水晶宮隊、查爾頓隊……」

「我喜歡足球,所以我才在網上踢足球。」派恩説,「我在網上組建了一支阿仙奴隊,成績很好。」

「你?」萊德想説什麼,但是沒説下去,「每天上網六個小時以上,周末達十二個小時,孩子,這會毀了你,毀了你的一生。噢,想一想看,長大以後,你去找工作,老闆問你會什麼,你説你會玩遊戲,老闆只能請你回家,因為你什麼都不懂。」

「我不找工作,長大了我會去撿瓶子賣給回收站,這樣我每個月不會餓死,我還能天天玩遊戲。」派恩很是抗拒地説。

「嗨!你這個孩子,不可救藥。」萊德似乎生氣了,「我是在為你好,你不明白嗎?」

「大人們都這麼説。」派恩立即回嘴,「你不知道嗎?」

「夠了!」萊德突然大聲地説,他顯得非常生氣,

「不要說了！」

　　萊德說着把窗簾打開，房間裏明亮起來。派恩從沙發上坐了起來，他激怒了萊德，知道這次治療結束了。

　　「今後的路都是你自己走的，不要再這樣下去了，否則你就完了。」萊德怒氣沖沖地看着派恩。

　　「我明白。」派恩走過去，「你是為了我好，那麼……再見吧。」

　　説着，派恩伸出了手，要和萊德握手告別。萊德倒是有些吃驚，他發現派恩不再頂撞自己，似乎還比較有禮貌，於是有些尷尬地伸出手。兩人握了握手，派恩感到萊德手力很大。

　　萊德打開門，派恩跟他走出了房間。外面房間的麥克立即有些局促地站了起來。

　　「治療完畢，時間不長。」萊德走出來後平靜了一些，他看了看麥克，「我和你的孩子談了談，具體的過程你可以問他，我想他明白我的意思了……今後，如果你們覺得不理想，可以去試試其他的心理診所，如果不知道，前台的護士會為你們介紹一些。」

　　「啊，是這樣嗎？」麥克感覺到了萊德的不快，「您的意思是……派爾是什麼疑難雜症嗎？或者是你處理不了的病。」

　　「心理疾病，問題也不算很大。」萊德聳聳肩，「我的意思是，每個醫生擅長的類型都不一樣，如果能找到更擅長於治療他這種狀態的醫生，那不是更好嗎？你懂我的意思的。」

　　「好的。」麥克點點頭。

　　「啊呀──啊呀──」派恩就在萊德身邊，他忽然捂

46

着頭向萊德倒了下去，動作很快。

萊德立即接住派恩，他也有點驚慌。

「這是……」萊德皺着眉，很是不解，「我們剛才談話的時候很好呀，難道生病了……」

「沒什麼，沒什麼。」派恩站了起來，不過手還捂着頭，「我聽你的話，好像我的病很嚴重，我就有點暈了，我也不想天天都上網的，可是我就是控制不住自己。」

「你會好起來的，不用擔心，孩子。」萊德安慰地說，「有些如何能控制自己情緒的書，你可以看看。」

「派爾，你沒事吧。」麥克關切地扶着派恩的肩膀。

「我沒事，我好了。」派恩對麥克點點頭，「我們可以走了。」

麥克連忙和萊德告辭，派恩也對萊德點點頭。萊德很是平靜、禮貌地把他們送到了門口。

麥克和派恩沒有去電梯那裏，而是推門進入了消防通道。南森他們看到兩人出來，全都鬆了一口氣。

「一個騙子。」派恩回頭看着，沒有人尾隨，他有些怨氣地說，「走吧，上車說。」

南森他們一直都處於警戒狀態，隨時準備衝進診所營救麥克和派恩，看到他們出來，都安心了。大家來到樓

下，坐進了車裏。

「……他這樣的心理醫生，一鎊十個。」派恩坐進汽車就抱怨起來，「根本就是一個騙子，哪裏懂得心理治療，他給我講的那些道理，全是看電視學來的，誰都會。而且説是給我做診療，我故意頂了他兩句，沒想到他比我還氣，幾乎把我趕走了，有這樣的心理醫生嗎？」

「是的，他建議我給派爾……啊，是派恩，換一家心理診所呢！這樣的醫生真是奇怪，第一次診療就直接趕人。」麥克説道，「這樣的態度怎麼開業呀？病人都趕走了，不知道他怎麼支付租金。」

「你是按照計劃故意頂撞他，干擾他的診療嗎？」南森坐在駕駛座位置，看看身後的派恩。

「是呀，這樣就能和他多説話，並且從情緒上觀察、試探他。」派恩點點頭，「他這樣的脾氣，可真夠糟的，的確像個巫魔。心理醫生是會遇到各種各樣的病人，我就那麼小小地頂撞了一下，他就要暴跳如雷了。」

「有問題，有問題。」本傑明附和着説，「很奇怪的醫生。」

「還有哪些試探？」南森又問。

「這個萊德醫生動作呀，真是敏捷，和平常人不一

樣。」派恩比劃着説，「我先是故意碰掉一疊便利貼，被他閃電般接住，那身手可不是一般人能比的。」

「動作很快嗎？」

「是呀，我還假裝暈倒，我都做好了摔下去的準備了，結果又被他接住，我感到他很有力。」

「僅僅是動作敏捷，也不能説明什麼。」南森若有所思地説，「派恩，你有測試出巫師或者魔怪反應嗎？」

「看診時間太短，沒有機會呀，而且你也説了，不能使用法術來測試他，否則被他察覺出來，可能就跑了，所以我很謹慎。我準備的大都沒有用上，就被他趕出來了。」派恩憤憤地説，「博士，根據我短短時間裏的觀察和測試，我覺得他不是一個心理醫生，起碼不是一個正常的醫生，他就是一個……怪醫。自己心理質素那麼差，還當什麼心理醫生呀，還有就是那超常的反應速度。」

「南森先生，這種趕客的醫生的確不常見。」麥克也有些憂心忡忡的，「我當然不會什麼魔法，但是我從警多年，我覺得這個萊德醫生不太正常。」

「我知道了。」南森點點頭，「確實很奇怪，這樣，我們先回去，分析分析，再找找看有沒有其他線索或者突破口。」

第五章　計劃潛入診所

南森他們回到了偵探所，麥克警長也一起跟來。派恩一回來，就半躺在沙發上，一副很是無精打采的表情。

「本傑明，去給我拿個冰淇淋。」派恩看着從自己身前走過的本傑明。

「喂，像個大老爺一樣，要我伺候你嗎？」本傑明很是不高興地看看派恩，「自己沒手沒腳呀？」

「喂，這麼沒同情心呀？」派恩也變得不高興了，「剛才呀，是我，派恩，天下第一超級無敵魔幻小神探深入虎穴，面對着那個巫魔，我是面對着危險呀，我有多緊張你知道嗎？現在終於輕鬆下來了，你不該伺候我一下嗎？」

「不該，當然不該。」本傑明沒好氣地説，「再説了，萊德醫生雖然被你説得比較怪，但他是不是一個真的巫魔還不能確定呢。」

「我説他是，他就是。」派恩擺了擺手，「我的感覺很準的，雖然沒有做好全部的測試，但是我稍微一試就試

50

出來了，怪醫萊德就是赫萊格……」

「那怎麼博士還要先回來？要真是我們應該去診所裏把他抓出來。」本傑明針鋒相對地説。

「博士那是很謹慎，而你是傻。」派恩很不客氣地説。

「敢説我？要我揍你嗎？」本傑明揮了揮拳頭。

「噓──噓──」海倫走了過來，指了指南森那邊，只見他正和麥克警長商量着什麼，「博士一回來就和麥克警長討論事情了……派恩，你有説這些話的時間，冰淇淋早就拿來了。」

南森在電腦前查看着什麼，麥克警長就坐在他身邊。

「……一切看起來都很正常。」南森看着電腦熒幕，「按時納税，按時付房租，就和其他的診所一樣，只是這樣的醫生……」

南森轉頭看了看麥克，目光裏充滿疑惑。

「警長，你們在診所裏的時候，還有其他病人嗎？」

「沒有，只有我們。」麥克説，「診所裏很是空閒，前台那個護士一直在看手機。我到了那裏後，連一個電話都沒有。南森先生，今天這個萊德醫生，這種看診的情況，他不可能有什麼病人的，沒有誰會第二次上門的。他

真不像一個專業的醫生。」

「他的調查報告應該還有幾天才能送回來。」南森說，「畢竟在新西蘭。」

「我已經去催了，確實要一段時間。」

「真是奇怪，一年了，這家診所靠什麼維持呢？」南森又看着電腦熒幕，「房租什麼的，可以用以往的積蓄來支付，但是有這個必要嗎，畢竟診所也是要盈利的……請稍等一下。」

南森説着開始在電腦上查詢什麼，隨後又打了兩個電話。放下電話，他低着頭想着什麼。遠處，幾個小助手都看着南森，此時他們都不再爭吵了，他們要給南森一個安靜的思考環境。

南森忽然點了點頭，先是對麥克笑了笑，轉身看看幾個小助手。海倫他們都無精打采地坐在沙發上。

「海倫，你們過來吧。」南森招了招手。

「博士，有發現？」海倫頓時雙眼一亮，站起身走了過來。

本傑明、派恩和保羅立即圍了過來，南森看着他們，目光非常堅定。

「根據麥克警長和派恩前去試探的結果，萊德是不

是一個真正的心理醫生是存疑的，新西蘭那邊的調查情況還要有段時間。如果今天的試探，我們發現萊德就是一個正常的心理醫生，那麼接下來的調查可能就沒必要了。現在，萊德的疑點陡升，調查力度要加大。」南森說着緩了緩，「如果萊德是冒牌的心理醫生，先不要說他冒充醫生的目的，關鍵是，這一年多來，他是怎麼生存下來的，如果一直是今天這樣，他就不可能有病人上門，如果沒有病人上門，他為什麼一直這樣維持着？這本身就有很大疑點……」

「可能有病人上門的時候我們不在，沒看見。」本傑明說。

「所以，我們要潛進去，看看他的病人登記和看診登記紀錄。他剛開業的時候沒人來看病很正常，但要是一年都沒幾個人，他還堅持在這裏開業，疑點就大了。他一定有什麼不可告人的目的。」南森斬釘截鐵地說，「我剛才查詢了倫敦地區私人診所開業一年的病人數量、診所收入等情況，還打電話詢問了兩個朋友，他們對心理診所的情況比較了解，會給我們一些具體資料，我們只要把查到的萊德診所情況和正常的心理診所情況比較一下，就能確認萊德診所真實的情況了。如果萊德診所的這些異常情況都

53

能完全確認下來，那麼他基本上就被鎖定了。」

「博士，你說得太對了。他有太多不正常了。」派恩激動起來，「所以我請求進去查看，我去過裏面，了解裏面的結構，前台的左手邊就是一個豎立起來的櫃子，那上邊就有看診紀錄，醫生診室有個櫃子，裏面一定就是病人資料。」

「要等他們下了班後我們再去。」南森說，「穿牆進去，把資料拍照。」

「我和派恩一起去。」海倫思考過一樣地說，「博士，你們在外面戒備，他們下午四點下班，然後我和派恩進去。」

「可以，病人資料，還有看診登記紀錄。」南森信任地看着海倫，「當然，如果還有什麼可疑的東西，都不能放過。」

「是。」派恩立即說。

「博士，你這個偵破案件的思路⋯⋯我怎麼就想不到呢⋯⋯」本傑明在一邊感慨起來，「我只會着急⋯⋯」

「或者無精打采。」派恩搶過話說。

「你也一樣呀。」本傑明立即反駁。

「我那是深思，深思知道嗎？」派恩一臉的深思狀，

眼裏露出憂鬱的眼神，一看就是演戲，「我思考問題就會這樣。」

「我不會魔法，但是南森先生的偵破思路，和我遇到的大偵探的思維方式是一致的。」麥克警長先是看看海倫他們，隨後看着南森，他很是感慨，「如果那些大偵探會魔法，成為魔法偵探，也一定會這樣想……」

下午三點半多，大家再次來到了富爾頓中心大廈，南森把車停在了大廈對面的路邊，斜對着大門。

「過一會萊德就會出來，那個護士也會出來，診所裏就他們兩個人，他們都走了以後，我們就能進去了。」派恩透過微微拉開一道縫隙的車窗窗簾，説道。

「一會我也想進去。」保羅説，「我想用我的魔怪預警系統搜索一遍房間裏有沒有魔怪反應，也許能找到些什麼。」

「嗯，我看可以。」南森點點頭，「無論有沒有，都要檢查一遍，任何機會我們都不能放過。」

「護士出來了——」派恩突然喊起來，他感到自己的聲音太大了，於是壓低了些聲音，「就是她，今天在前台的就是她。噢，這間診所真是輕鬆呀，現在離下班還有二十分鐘，護士都走了。」

55

「看起來這間診所的確是沒什麼人上門。」麥克透過窗簾縫隙,確認地說,「嗯,就是她……」

護士走到不遠處的一個巴士站,剛好有一輛巴士開來,護士上了車,車開走了。派恩又向大廈的進出大門看去,沒一會,萊德提着一個袋,從大廈裏走了出來。

第六章　機智的海倫

南森看了看座位後的本傑明，本傑明立即下車，在馬路的另一邊和萊德同向前進。萊德轉到大廈一邊的停車場裏，本傑明在一棵樹後，觀察着萊德。萊德上了自己的車，隨後把車開出停車場，上了馬路，開走了。

本傑明連忙轉身回到了車上。

「博士，他開車走了。」本傑明還沒關上車門就說。

「海倫、派恩，你們和老伙計一起去吧，動作要快，最後記得把東西歸位。」南森看着馬路上的車輛，「我們守在這裏，要是萊德或者護士回來我們會發通知。」

海倫他們答應一聲，下了車。海倫抱着保羅，他們一起進了大廈。來到二樓的萊德心理診所，海倫用透視眼向裏面看了看，診所裏沒有人。

「擋不住我的心也擋不住我的形。」海倫他們各唸穿牆術口訣，轉瞬間就進入了萊德的診所，診所裏拉着窗簾，很暗，派恩進去後就找到電燈的開關，打開了燈，屋子裏亮了起來。

　　「這裏，看診登記紀錄。」派恩指了指前台的櫃子。

　　海倫放下了保羅，和派恩一起轉進前台。保羅則向裏面走了幾步，雙眼射出紅色的光柱，開始掃描房間。

　　「先看看登記紀錄……」派恩在櫃子那裏翻着，櫃子是敞開的，一共有五排，下面兩排是空的，上面三排擺着很多的文件袋，派恩拿到了當天的看診登記本。

　　「是這個對吧？」海倫在一邊問。

　　「看，上面是麥克警長的登記，患者姓名派爾，就是我的化名。」派恩邊説邊翻看着，「哇，這一周登記的只有我一個呀，啊，看看，上個月才三個人看診呀……」

　　「拍下來。」海倫用手機開始對着登記本拍照，「有問題，有問題，一個月就三個病人，早該倒閉了……」

　　派恩的看診登記本是這一個季度的本子，海倫在櫃子裏找到了前面幾個季度的本子，他們發現更離奇的情況，有一個月看診的病人只有兩個，如果是這樣，萊德醫生一個月只需要工作兩天。

　　海倫把所有的看診紀錄都拍照下來。隨後把本子全都放到了原位。派恩隨後帶着海倫來到醫生診療室，診療室的門是關着的。派恩上前一扭門把手，門沒有鎖，是開着的。派恩帶着海倫進了診療室，保羅也跟了進來。

「外面這間其實是醫生辦公室，裏面這個小房間才是真正的診療室。」派恩指了指辦公桌後的櫃子，「這裏會有病人檔案⋯⋯」

海倫和派恩來到櫃子前，派恩拉了拉把手，櫃子是鎖着的。

「這個櫃子是鎖着的。」派恩説着俯身看着櫃子上的鎖，「我來用魔力開鎖，這不難⋯⋯」

派恩説着就把手放在了鎖的鑰匙眼上，他要用魔力撬動鎖芯，把鎖打開。

「你小心點。」海倫叮囑道，「千萬不要把鎖給破壞了。」

派恩滿不在乎地晃晃頭，隨後開始唸出魔法口訣，鎖芯微微地動了一下。

「唦——唦——唦——唦——唦——」一陣強烈的警報聲突然響起，響聲是從櫃子後面發出來的，警報聲非常大，像是能穿透房間傳到外面去。

海倫和派恩頓時慌了，很明顯，派恩開鎖時觸發了警報裝置。

「快走，警報能連接到大廈保安室，還能連接到房間主人的手機，就是那個萊德。」保羅衝過來提醒道，「兩

分鐘內保安就會趕來，萊德也會回來。」

「隱身穿牆出去。」派恩通知大家，「可不能被發現，否則就驚動萊德了。」

「走——」海倫也說，他們一起向外面跑去，不過才跑兩步，海倫就停下來，並蹲下身子。

「快走呀，保安馬上就上來了，我們沒法解釋，萊德也一定已向這裏趕來。」派恩焦急地去拉海倫。

「就這樣走了才會引起萊德懷疑。」海倫在辦公桌前蹲下，用手去摳桌腳的木頭，她使用了小小的魔力，桌腳的木頭被一塊塊地摳了下來，面積不大，只有不到一厘米，掉下來的也都是木屑。

「你這是——」派恩不解地問。

海倫把椅子靠在了櫃子上，椅背緊緊地靠着櫃子，隨後，海倫開始去摳椅腳，又摳出來一個面積不大的缺損。

「快走呀，快——」派恩焦急地催促着，「來不及了——」

這時，門外傳來開門的聲音，還有說話聲。

「隱身。」海倫站起來，看着外面正在打開的大門說。

大門被打開，四個保安手持電警棍衝了進來，就在開

門的一瞬間，海倫他們唸了隱身術口訣，隱沒在空氣中。
保安沒有看到他們，一起衝進了診室。

　　隱身的海倫他們可以互相看到，派恩向大門衝去，被
海倫一把拉住，保羅看着海倫，有點不知所措。海倫做了
一個動作，指示派恩和保羅看着自己，隨後她緊緊地靠着
牆壁，派恩和只能像海倫那樣，緊靠着牆壁。

　　「沒人呀——」第一個衝進來的保安拿着警棍，看着
房間的四周，他當然
看不見隱身的海倫。

　　「是沒人呀。」
另一個保安走到窗
邊，檢查着窗戶，
「窗戶是關閉的，有
人要是從窗戶逃走，
不可能插銷都是插好
的。」

　　「那為什麼這
個櫃子的警報器會響
呀？」第一個衝進來
的保安疑惑地看着櫃

子,「櫃子也沒有被打開,鎖也是好的。」

「啊,你們看。」檢查門窗的保安看到了辦公桌桌腳的碎屑,「老鼠,老鼠咬的,看看,這可是新造成的呀,老鼠剛才進來過。」

「這裏也有。」第一個衝進來的保安看到椅子腿也有碎屑,「我明白了,椅子靠着櫃子,老鼠咬椅子腿,椅子腿觸碰了櫃鎖那裏,所以警報就被觸發了。」

「每個房間下的縫隙都有點大呀,鑽進來一隻小老鼠完全沒問題。」最後一個進來的保安感歎起來,「四樓C室的貿易公司職員上班時間就看見過老鼠,去管理公司那裏投訴,滅鼠公司三個月前才來大廈滅鼠的,現在怎麼還有老鼠?」

「沒辦法,看看怎麼和人家解釋吧,這裏的租戶現在一定正趕過來,説不定又要去投訴⋯⋯」第一個進來的保安很是懊惱地説。

海倫看看派恩和保羅,招招手,隨後悄悄地向大門走去,大門是開着的,他們不用穿牆,隱身從大門走了出去。出門之後,他們快速穿越馬路,來到汽車那裏。海倫拉開了車門,在裏面觀察的本傑明看到車門突然被拉開,但是沒看見人,嚇了一跳,汽車裏的人都沒有想到海倫他

們隱身回來。

「是我們。」海倫一邊提醒一邊坐在座位上，並關上了車門，隨後，海倫他們全都顯身。

「怎麼了？」本傑明急着問，「萊德沒回來，為什麼隱身？」

「他回來了。」海倫指着對面駛來的一輛汽車，那正是萊德的汽車，汽車轉進了停車場裏，「剛才我們想把診室裏的櫃子打開，用了魔法，觸動了鎖芯，結果引發了警報，大廈保安來了，不過放心，我們及時隱身，我把桌腳和椅腳做了偽裝，摳下來木屑，把桌腳和椅腳做了一個老鼠啃咬痕跡，保安們都相信是老鼠啃咬引起了警報。」

「老鼠啃咬？」南森有些不解，「老鼠不會去啃咬櫃鎖吧，不夠高呀。」

「海倫把椅子緊靠櫃子，椅背靠着櫃鎖，這樣老鼠啃椅腳時會觸動櫃鎖，引發警報。」派恩略有激動地説，他充滿敬佩地看看海倫，「真棒，否則櫃子無緣發出警報，會引起萊德的懷疑。」

「海倫，做得不錯。」南森很是滿意地看着海倫，「萊德回來，是不是因為警報裝置連接到他的手機上？現在很多公司或者私人的保險櫃都有這種功能。」

「博士，一定是這樣的。」海倫説，「我剛才沒有和派恩急着出來，我們隱身在房間裏，結果衝進來的保安相信是老鼠所為，還説一會要向趕來的萊德好好解釋，他們還談論大廈的滅鼠工作呢。」

「好，我們也不要走。」南森看着外面，只見萊德匆匆忙忙地走進了大廈，「如果他馬上就出來，就説明海倫的辦法奏效了，相信是老鼠所為，否則就麻煩了，他會在裏面很久，檢查警報器發出警報的原因，同時會懷疑遭到入侵，一旦起疑心，而他如果就是赫萊格，那麼可能會逃跑。」

「我覺得海倫能騙過萊德醫生，概率是百分之百。」保羅在一邊説，「這是我最新統計的結果。」

「這麼肯定呀。」本傑明感慨地説。

「博士，我們是在診室觸碰到警報裝置。」海倫一直都很緊張，此時平復了心情，「在前台我們有收穫，我們把這一年的看診登記紀錄都拍照了，的確，病人少得可憐。」

「很好，有收穫就好。」南森讚許地説道，「回去仔細研究。」

「博士，我掃描了全部的房間。」保羅晃着頭説，

「沒有發現任何的魔怪反應，他隱藏得很深。」

「是嗎？」南森微微點點頭。

「他出來了——」麥克小聲喊了一聲。

萊德從大廈裏走了出來，表情平穩，他轉身走進了停車場。

第七章　兩個企業家

「不到五分鐘。」南森看看手錶，「保安和萊德說了情況，他也信了，所以沒有在房間裏多逗留。」南森很是放鬆地說，他看了看海倫，「非常好，海倫，處驚不亂，還找到了很好的對策，魔法偵探就是要有這種應急意識。」

海倫很是高興，當然也有些驕傲，她的頭昂得很高，滿臉笑容。

總算是沒有引起萊德的懷疑，南森開車回到了偵探所。海倫他們此行也是有收穫的，她一回去就把拍攝的資料傳送到了南森的電腦上。南森看着那些看診登記紀錄，邊看邊感歎。

「有問題，大有問題……現代人都注重心理健康的問題，定期進行心理檢查的人不少，一間心理診所，每月有二十名左右的客戶才能維持下來，這個萊德診所每月最多五個人看診，少的時候就兩個人，怎麼維持得下來呀？」

「博士，要不要跟蹤到這個萊德的家裏，去查查。」

派恩問，「我越來越覺得這個萊德有問題，儘管他隱藏得很好……」

「派恩，稍等一下喔。」南森説着擺了擺手，同時臉上露出了些許笑容。

派恩立即不説話了，他走到南森身邊，和南森一起看着電腦熒幕。海倫和本傑明感覺南森又發現了什麼，也都圍了過來。

「海倫，關於看診登記紀錄，你們發現了什麼嗎？」南森問道。

「沒來得及看呢……」海倫連忙説。

「從萊德診所開業的第三個月開始，每個月都有固定的兩個人出現在看診登記紀錄中。」南森盯着電腦熒幕，很是認真，「伯尼和艾德蒙，一個43歲，一個56歲，伯尼在每月三日上午看診，艾德蒙是二十日下午，遇到周末就順延，沒錯，是這兩個人，每次登記留下的電話號碼都是這兩個。」

「萊德還有固定客戶？」派恩叫了起來，「就他那個態度，這兩個人居然受得了。」

「沒那麼簡單吧。」本傑明皺着眉説。

「艾德蒙，名字和拉斯特國際商貿集團公司的總裁

69

一樣，這個總裁前幾天還上電視接受採訪，談他的個人奮鬥經歷，那個艾德蒙也是五十多歲。」海倫在一邊說，她似乎發現了什麼，「那次訪談好像說他的企業目前有些問題，但是他無所畏懼什麼的。」

「這麼大的企業家能受得了萊德這個傲慢無禮的傢伙？」派恩更加不解了。

「另一個叫伯尼的，似乎也有些名氣，也是四十多歲。」本傑明說着就拿出手機，開始上網搜索，「啊，是這個人，伯尼，麥爾肯斯投資公司的總經理，資金規模達到十億鎊，哇，真有錢呀，不過不知道是不是同一個人。」

「如果是這樣，這件事就很奇妙了。」南森也陷入了思考，「兩個非常有實力的人，是萊德的病人，靠這兩個人維持診所經營，可是再有錢，看診的費用也不會比一般病人多到哪裏去吧？」

「先要搞清楚登記的這兩個人是不是我們說的兩個人，現在僅僅是名字和年齡一致。」派恩說。

「這個我有辦法。」本傑明很是狡猾地笑了笑，「放心，用不了五分鐘就能知道他們是不是。」

本傑明來到自己的電腦前，打開電腦，查到了拉斯特

國際商貿集團公司的網頁，他找到了公司的電話。然後又讓海倫把看診登記紀錄上艾德蒙的電話抄在一張紙上。做好這一切，本傑明開始撥號，電話很快就撥通了，本傑明故意讓自己的聲音變得渾厚起來，他請接線生把電話轉到董事長辦公室。

　　「你好，我是本傑明，我想在下月三號上午拜訪艾德蒙董事長，我有一個服裝品牌的全球總經銷權想請貴公司

代理，不知道艾德蒙先生是否有時間？」電話接通後，本傑明說明「來意」，邊說還邊看着大家，擠了擠眼睛。

「不好意思，你看下午可以嗎？」電話那邊傳來聲音，「上午我們董事長有安排。」

「噢，是這樣呀。」本傑明略有遺憾地說，「其實我認識你們董事長的，那我直接和他預約吧，啊，他的電話是不是02051712923？我不確定這個電話他現在還用不用，我們認識後聯絡確實不多。」

「這是我們董事長的電話，你可以打這個號碼。」電話那邊的聲音確定地說。

「太好了，非常感謝。」本傑明對着大家點着頭，有些眉飛色舞的。

「本傑明，你真是狡猾……」派恩看到本傑明掛了電話，很是驚異地、但是用誇讚的語氣說。

「等等，別着急，還有一個呢。」本傑明說着查到了麥爾肯斯投資公司的網站。

海倫知道本傑明要怎麼做，已經把伯尼的電話號碼抄好了給本傑明，本傑明滿意地點點頭，他撥通麥爾肯斯投資公司的電話，稍微變化了一下說辭，要和伯尼總經理在下月二十號下午談一個投資項目，得到的答覆是伯尼總經

理那天下午有安排，本傑明報出海倫抄的號碼，說自己要親自和伯尼總經理聯繫，對方確定這個號碼就是伯尼總經理的。

「萊德診所的兩個固定病人。」本傑明收起電話，得意地看着大家，「完全對上了，就是那兩個大商人。」

「本傑明，你可真厲害，這麼幾句話就把人家的實情套出來了。」派恩繼續剛才的感歎，「你什麼時候會這一手的？」

「這種核實方式沒有對人家有任何傷害，而且這樣做的出發點也是為了偵破案件。」南森讚許地看着本傑明，「這樣做是可以的，也是聰明的。」

「謝謝，謝謝大家。」本傑明更加得意了，他對着大家擺了擺手，「取得這樣的成績，想到這樣的辦法，全靠……我一個人的努力。」

大家都被本傑明逗笑了。不過南森很快就收起笑容，很明顯，他有了新的思慮。

「兩個固定病人，全都是大商人。」南森的語氣充滿了疑惑，「這裏面似乎有什麼蹊蹺呀。」

「這兩個人，一個企業家，一個金融家……」海倫也跟着思索着，「能有什麼問題呢？他們去看心理醫生？難

73

道精神方面⋯⋯」

「現代人注重自己的心理健康，去看看心理醫生都很正常，何況兩人掌控着龐大的公司，出現一些壓力也很正常，去看看心理醫生也是一種舒壓表現。」南森說道，「不過為什麼都去萊德那裏看診，比較奇怪，這個萊德也不算是什麼名醫，而且在倫敦開診所才一年時間。」

「的確是，比萊德有名、開業時間長的心理醫生倫敦一定不少呢。」海倫點了點頭。

「麥克警長，你了解這兩個人嗎？」南森看看麥克，「這兩個人我確實聽說過，但是並不了解。」

「應該都是比較有口碑的商人，沒有什麼負面新聞。」麥克說，「至少我沒有聽說過。」

「上網搜索呀，仔細查一查。」本傑明提議道，「也許能找到某種關聯，如果關聯到那個萊德醫生，這下我們就能掌握更加具體的線索了。」

大家聽從了本傑明的建議，各找了一台電腦，或者使用手機開始搜索艾德蒙和伯尼的資訊，保羅利用自身的資料庫，也展開了搜索。大家都很認真，一時間偵探所裏顯得極為安靜。

本傑明逐條查看兩人的資訊，他先是搜索了艾德蒙和

他的公司，艾德蒙這個人外形沉穩，雖然有些年紀，但是很俊朗，像荷里活的電影明星。伯尼則一頭金髮，個子很高，衣着有些奢華，那樣子看上去就像一個金融家。

從搜索的情況看，這兩個人的確沒有什麼負面新聞，艾德蒙甚至算是很有勵志榜樣的人生贏家，他兢兢業業地把一家幾個人的小貿易公司做成了一家全球性的跨國大企業。伯尼則是從名校畢業後，進入金融領域工作，依靠自己的聰明才智取得了巨大的商業成功。

大家搜索下來，沒什麼特別的發現，沒有負面新聞，沒有兩人心理方面問題的報道，更沒有兩人和萊德醫生有任何關聯的報道。整體查下來，海倫他們都有些失望，也很無奈，他們似乎失去了方向。

南森一直看着電腦熒幕，在他的電腦熒幕上，顯示的不是什麼文字資訊，全都是兩人的圖片，有參加會議的，有接受訪談的。南森對着這些照片，表現得非常認真。同樣，用手機搜索資訊的麥克警長，也在看艾德蒙和伯尼的圖片報道。

「怎麼樣？都看好了吧？」南森聽到身邊的派恩在向海倫抱怨搜索無果，轉身看了看他們，微微一笑，「有什麼發現嗎？」

「沒有，一點也沒有。」派恩搖着頭，「兩個人都是正常人，看不出什麼來。」

「我有點發現，不過不知道是否有用，畢竟我也不是魔法偵探。」麥克説着把手機給南森看了看。

南森看看麥克的搜尋結果，笑了笑。

「麥克警長，你是説他們的外形嗎？」南森點着頭。

「是的，前後有差別呀。」麥克的語氣有些感歎。

「我明白你的意思，不愧是倫敦警察局的偵探呀。」南森誇讚地説，隨後看着幾個小助手，「可是我的小幫手們，似乎還有些迷茫呢。」

海倫他們都有些詫異地望着南森，南森此時很明顯掌握了一些線索。

「我就直接和你們説吧，你們的注重點可能都在這兩個人有什麼問題上，但是問題其實就在表面。」南森説着開始操作電腦，「你們看看，先以艾德蒙為例，這是他一年前接受採訪的照片，再看看最近的照片，很明顯吧，他瘦了，很明顯地瘦了。再看看伯尼，也是一樣，一年前是這個樣子，比較魁梧，現在單薄了太多，照片一比較就能明顯看出來。」

「是的，確實。」本傑明看着電腦熒幕，「我剛才

76

一年前的艾德蒙

最近的艾德蒙

一年前的伯尼

最近的伯尼

確實也感到了，但是只想着找出他們有什麼問題的文字報道，或者和萊德相關的報道。」

「無論從哪個方面看，這都不是巧合。」南森的語氣略顯深重，「兩人原本都不算胖，正常體形，所以不存在減肥的情況，不過在接受了萊德一年治療後，全都明顯消瘦，萊德開設的可不是減肥中心，而是一間心理診所，這裏面有很大問題。」

「博士的意思是，一年內這樣的消瘦，可能和某種惡性的、成癮的行為有關聯，簡單地説，就是吸毒。」麥克警長的語氣和南森一樣沉重，「吸毒會嚴重破壞人體的消化功能，造成的直接後果就是暴瘦，現在這兩個人的情況，不得不令我想到這點呀。」

「麥克警長説得對，當然，我們並不能因此就確定萊德是個毒販子，艾德蒙和伯尼在他那裏吸毒，這樣可太簡單化了，也不一定符合邏輯。」南森進一步分析起來，「首先，兩人每月按時前往診所，風雨無阻，背後存在對萊德的依賴，或者説受到萊德的操控。也許萊德的醫術高超，兩人願意前來，但是從派恩的就醫情況看，萊德不是一個合格的醫生。然而我們看到的結果，兩人因此嚴重消瘦，但是仍然願意前來，萊德又不可能使用暴力強迫他們

前來，那麼一定通過某種手段對他們進行了控制，這種手段不一定是讓兩人吸毒，但是會有類似手段。別忘了，這可能是一宗魔怪案件，所以我給出的結論，就是兩人受到了萊德惡意的操控，艾德蒙和伯尼都是受害者，但是可能完全不知曉。」

第八章　南森去看診

南森把自己的分析結論說完，隨後看着大家。海倫等幾個小助手互相看看，信服地點着頭。

「博士，我完全贊同你的推斷，這個萊德醫生就是個冒牌的醫生，他根本就是個巫魔，或者說他就是赫萊格。」派恩一臉嚴肅地望着南森，「那麼下一步呢，我們去把他給抓來？」

「我要去會會這個萊德了。」南森點着頭，緩緩地說道。

「博士，要抓他嗎？」派恩聽到這句話，立即興奮起來，「我也要去，我不要在周邊設防線，我要跟你衝進去。」

「如果有百分之百的實證，我們會立即展開抓捕。」南森說，「但是目前都是推論，所以還需要進行進一步的試探，我想，我能當場測試出他真正的身分。」

「你要親自去診所？」海倫有些擔心地問，「他應該看過你的報道……」

「這是我一直擔心的地方，所以第一次讓派恩去了診所。」南森點了點頭，「這次我變化一下進去，其實上次我也可以變化模樣去，但是如果他是一個法力很深的巫魔，可能會識破我的身分，這樣就打草驚蛇了。現在看，只能冒險了，變身後我服下固形魔藥，起碼在一小時內能最大程度地防止我被識別出來，可是固形魔藥太過貴重，我們僅有的那點……好像有點過期了。」

「固形魔藥能遮掩真身的顯像，就我們那點藥量，而且還是過期的……」海倫比較了解偵探所裏魔藥的儲備，「博士，萬一他是巫魔，你就要冒很大風險呀，他要是先識破了你，可能會突然襲擊。」

「該冒的風險還是要冒，冒險也是我們工作的一部分。」南森平靜地說，「當然，我們不能去無謂的冒險。這次，我應該去試一試，還有一點，我找到了把他試探出來的辦法了。」

「什麼辦法？」三個小助手一起問。

「派恩進去求診，是被麥克警長帶進去的，麥克警長報出來的身分是公務員。」南森沒有直接回答，他看了看麥克。

「是的，這是我們事先的計劃。」麥克點點頭。

「結果萊德隨便就把派恩給打發走了。」南森微微一笑，「派恩很是不滿意，他連繼續測試的機會都沒有了。我想萊德看診隨意的原因，很可能是因為麥克報出的身分是一個普通公務員，也就是說不算是有錢人。看看萊德的兩個固定客戶，艾德蒙和伯尼，全部都是億萬富翁，萊德一定是有所圖，可能就是錢，如果我把自己的身分也變成一個富翁，那麼萊德一定上當。關鍵是，他圖謀艾德蒙和伯尼的錢財，應該用了什麼卑劣的巫魔手段，因此也會對我使用，一旦使用，我就能立即辨識出他的真正身分。」

南森的一番話，縝密細緻，直奔要點。小助手們聽得都呆住了，話音落後半天才回味過來。

「博士，你發現了這麼多問題，我怎麼就沒能……」本傑明敬佩地看着南森，「我……你的發現真的太重要了……」

「看你，都不會說話了。」派恩其實也非常激動，「博士，如果你去，一定能把他當場就挖出來，我也想和你去呀，可是我已經去過一次了，再去就引起他懷疑了。」

「我一個人去，本來我們那點固形魔藥就不夠，還有點過期。」南森自我解嘲地說，「放心吧，我會在最短時

間裏，讓他露出真面目，當然，也許我們的確判斷有誤，不過這要親自進行試驗才知道。」

「那我們在周圍，你下令抓捕我們就衝進去。」本傑明急切地説。

「還有我，我守在窗外吧，他要是逃出來，我一枚導彈上去……」保羅唯恐落下他，他直立起身子，雙手扒着椅腳説。

「在城區裏，老伙計，你的追妖導彈盡量不要發射。我們接下來就開始計劃一旦確認他是巫魔後的抓捕方案。」南森低頭，看着保羅，沉穩地説。

「博士，什麼時候去？明天嗎？」海倫似乎是想到了一個問題，「今天派恩剛去，明天你再去，會不會驚動他？」

「他幾句話就把派恩打發走了，不會對派恩起疑心。另外，你剛才做得也很好，他相信是警報聲源於老鼠的入侵和破壞。」南森的語氣變得沉重起來，「盡量要快呀，一個巫魔在城區裏，危機太大。」

第二天一早，南森起來後，發現小助手們都起來了，個個都比較興奮。南森看看時間，還不到七點，而萊德的診所九點才開門。

「不要激動，時間還早。」南森平穩地説，「海倫，我們那過期魔藥究竟過期多長時間了？」

「不是我們自己研製的，是你在魔法用品市場買的老古董。」海倫説着從桌子上拿起一個小盒子，這個盒子看上去非常老舊，「有效期是二百年，現在過期十五年了，我查了一下，魔藥過期會使得藥效打折扣，但是威力還在。」

「好，我記得過期不會超過二十年。」南森點點頭，「我先吃個早餐，不着急，我們還可以把計劃再推演一遍……」

早上九點零五分，南森拿起電話，打給了萊德心理診所。接電話的還是昨天那個護士，南森告訴她，自己想看醫生，自己的精神狀態很不好。護士讓南森稍候，隨後去問了醫生，告訴南森十點左右就可以來看診了。

「出發。」南森放下電話後，揮揮手，「萊德醫生在等我們了。」

大家上了南森的車。車上，海倫打電話給了麥克警長，倫敦警方已經安排警員在富爾頓中心大廈周圍戒備了，一旦在大廈裏展開抓捕，那麼他們將會設立警戒線，疏散人羣，謹防被抓捕的巫魔挾持人質。指揮警員的，正

是麥克警長。

　　九點半多，南森他們就來到了富爾頓大廈，他把車停到了停車場裏。一會，他們將全部離開汽車，南森進入診所，小助手們就隱藏在診所所在的二樓消防通道。

　　時間一點一點地過去，汽車裏的氣氛有點緊張。派恩和本傑明的話都不多，都在等待時間的到來。南森看看錶，還有五分鐘就十點了。他看着前方，嘴裏唸出了魔法口訣。

　　「唰──」的一下，南森變成了一個中年男子，身高沒有變，也還戴着眼鏡，但是身材變得瘦瘦的，模樣很是幹練。關鍵是他的服裝變得非常考究，還打着領帶，一副很正式的樣子。

　　「像不像商界鉅子？」南森開玩笑地問道。

　　「像，太像了。」海倫連忙説。

　　南森從口袋裏拿出那個老舊的盒子，打開後，從盒子裏拿出一粒藥

丸，吃了下去。吃下去的瞬間，南森的身體周邊散出一個白色的光邊，隨即，白光消失。

「能保證半小時內萊德無論使用多大的法力，都看不出我是變化的，看到的只是我目前因為吃了魔藥被固定的外形。」南森從後視鏡看着自己，説道，「好了，我們上去。老伙計，你就在車裏，這裏對着診所的後窗呢，小心使用追妖導彈。」

「我明白，博士，你多加小心。」保羅很是關切地説。

南森帶着幾個小助手下了車，他們再次進到大廈裏，從消防通道來到二樓。海倫他們留在了消防通道，南森推開消防門，走進了大廈的二樓。

南森來到萊德心理診所前，敲了敲門。幾秒鐘後，護士打開了門。

「我預約了醫生。」南森微微一笑，「我是漢森。」

「漢森先生，請進。」護士連忙説，並且把門全部打開，「你先登記一下，然後就可以進去了。裏面的醫生診室，萊德醫生在等你了。」

南森在前台的看診紀錄上登記了自己的名字、年齡、聯絡電話等，隨後把紀錄還給護士。

「看診的人不多，當天就能預約上呀。」南森笑着對護士説。

「確實，我們的病人不可能像感冒發燒的病人那麼多。」護士也笑了笑，很有禮貌地説，她一直是一副和藹的樣子。

南森向醫生診室走去，到了門口，他先是敲了敲門，隨後推開門，走了進去。

「你好。」萊德醫生看到南森進來，原本似乎沒想站起來，但是看到南森與眾不同的奢華和氣派，於是站了起來，顯得畢恭畢敬。

「你好，萊德醫生，我是漢森。」南森走過去，伸出了手，和萊德握了握，他感到萊德很有力量。

「漢森先生，請坐。」萊德看到南森坐下，自己也坐下，「感謝你來我的診所，請問，有什麼可以幫你的？」

「我……」南森突然有些不好意思起來，「我也是有些猶豫才來你這裏的，我連秘書都沒有帶，保鏢更沒有帶，我不想讓他們知道……我的心理情況，可是我實在是感到一種壓力，我都透不過氣來了……」

「理解，我能理解，這沒什麼。」萊德雙眼放光，「都市生活壓力就是大，很多人都有種種的心理疑問，包

括我自己……定期前往心理診所，現在都可以算一種時尚趨勢了，沒什麼大不了的。當然，我理解，像一些老派的人，觀念轉變要有個小小的過程，不過我看你就非常好，不是出現在我這裏了嗎？」

「是的，我實在是熬不住了。」南森顯得非常無奈，「每天都失眠，大把的掉頭髮，吃不下飯，我都感覺到要崩潰了。」

「請問壓力來自何方呢？你是從事什麼工作的？」萊德顯出一副好奇的樣子，一點也不掩飾。

「我是貝克資產管理公司的執行總裁，我們公司主要業務是跨國的房地產開發，在倫敦、巴黎、紐約等地都有地產專案。」南森說着搖了搖頭，「但是市場競爭激烈，我們的不少專案都出現了問題，今年預計會出現虧損，這是本公司近百年來的第一次虧損，偏偏就出現在我執掌公司的時候，如果業績支撐不下去，只能大幅度裁員了，這也就意味着公司業務的大幅收縮，這還是樂觀的估計，更嚴重點，公司很有可能完全關閉在巴黎和紐約的業務。」

「噢，聽上去事情很嚴重呀。」萊德的表情有點複雜，說不上來是沉重還是關切，「公司面臨這樣的危機，對你產生了壓力，造成了現在脫髮、失眠的後果，請問你

現在是不是滿腦子都是公司的這些事？」

「是呀。無時無刻不在思考公司的事，但是越是這樣，壓力就越大，我就越解脫不出來，我嘗試不去想，但是連一分鐘都堅持不了。」南森此時用一種非常可憐的語氣說。

「我理解，非常理解。」萊德點點頭，不過他忽然一笑，「應該說你找對人了，我是最擅長處理這種情況造成的心理困擾的，這個請你放心。噢，我可以承諾，經過我的治療，第一次開始就能讓你有極為顯著的感覺，你的精神會有極大改善，接下來第二次、第三次，最終你一定會變得像以前一樣，忘記所有煩惱，活力四射呀。」

「真的嗎？真的嗎？」南森叫了起來，「我的企業出現嚴重問題我也會這樣嗎？」

「嗯，你的企業問題，我的確無能為力。」萊德笑着說，「不過你精神改善後，會讓你更有信心去經營企業，你的企業會重新振作起來的，就像你一樣呀。」

「真的有這麼神奇？」南森很是懷疑地問。

「這樣說吧，經過我一次的治療，沒有效果，甚至說效果不顯著，我不收費，你感覺好再來。今天，我完全免費治療，你回去後感覺一下，是不是感覺好多了。」萊德

一副很是誠懇的樣子。

「這樣嗎？其實我倒是不在乎錢，一點也不在乎，我有的是錢，我的企業也只是這兩年才出現危機……」南森感歎地説。

「我明白。」萊德點點頭，「不過有一點我也要事先提出，一旦認可我的治療，接下來的治療我會收取較高的費用，你知道這種心理治療不可能一次就解決問題，整個療程可能要一、兩年時間，這要耗費我大量精力，更主要的是我擁有別的心理醫生都不擁有的治療方法，這也是我的特別手段，我的價值也體現於此。」

「沒有問題，只要能治好我的病，錢不是問題，你只管説，再多我也給。」南森一副急切地表現，「關鍵是我要看到效果，如果不滿意，那説實話，我不會來第二次的。本來我的朋友給我推薦了一個心理醫生，水準高，收費也高，但是那個醫生去度假半個月，我看了《社區醫療服務》手冊才找到你的。」

「會讓你滿意的。」萊德一邊點着頭，一邊笑着，「整個療程下來，會治癒成功，我的收費……這次除外，今後每次診療費大概十萬鎊，甚至還要多點，可以接受嗎？」

　　「啊？這⋯⋯確實很高⋯⋯」南森聽到這個價格，心裏一驚，這無疑是他沒想到的，他略微猶豫了一下，「要是真的能治好，那就這麼多，我在乎的是我的病。」

　　「大企業家的風采，真是一個豪爽的人。」萊德很高興地說，「我們現在就可以開始治療了，放心吧，一天內就能見效。」

　　「現在就開始嗎？」南森顯得有些激動。

　　忽然，南森感到身體有些發緊，他立即明白，過期的

固形魔藥開始失去效力了，其實時間還沒有到半小時，藥力就開始減少了，而再過一會魔藥效力就完全喪失了。還好此時萊德沒有對自己產生一絲懷疑，而且還相信自己就是一個有錢的企業家。

「噢，漢森先生，你怎麼了？」萊德察覺到了南森表情上的一絲絲異樣，連忙問。

「對不起，激動，我激動。」南森連忙遮掩，他知道萊德觀察人很仔細，「聽說能治好這個病我很激動。」

「請平復你的心情，我明白你知道能治好病，很高興，但是請放鬆，否則不利於我的治療。」萊德説着站了起來，「請到裏面的房間，那是診療室。」

第九章　巫魔逃走了

南森連忙起身，跟着萊德進到了診療室，這間診療室派恩描述過，南森很是好奇地看着裏面，他看見了那張診療用的沙發椅。

「漢森先生，請你坐到那張椅子上去。」萊德指了指沙發椅，「不要緊張，一定要放鬆，這有利於我們接下來的治療。」

南森坐到了椅子上，感覺很舒服。萊德則把窗戶關上，房間裏暗了下來。南森看着萊德，表現出一副放鬆的樣子。

「很好，很好。」萊德先是在椅子上坐下，不慌不忙的樣子，「放鬆下來，不要想別的事，專注於我的治療……」

「好的，萊德醫生。」南森説，「可以開始了嗎？」

「已經開始了。」萊德説着站了起來，「你現在閉上眼睛，請想像一個大森林，你置身於森林中，身邊有潺潺的流水，你身旁就是一棵大樹，注意，這是一棵大橡樹，

兩個人合抱都抱不住，樹上有山雀在叫，非常好聽。」

南森按照萊德的吩咐，閉起了眼睛，但是他沒有按照萊德的指示去想，南森突然感到一種奇怪的感覺，似乎有一種威脅就要侵襲過來，他不禁握住了拳頭，不過他控制着自己，就像是很放鬆的樣子，不能讓萊德看出破綻。

「⋯⋯前面有一隻兔子跑過去，沒錯，是一隻灰色的兔子，灰色的，請想像那隻兔子⋯⋯」萊德說着話，雙手抬了起來，隨後慢慢地靠近南森的頭部。

南森閉着眼睛，但是他能感到身邊極其微弱的氣息流動。萊德的兩隻手掌在距離南森頭部二十厘米處停下，隨即，一股股無影無形的氣波射向了南森。

南森感覺到了射向自己的氣波，他被氣波微微刺了一下，感覺身體一下就癱軟下來。

南森感覺到也知道，這種氣波是一種魔怪和巫師才能射出的魔幻射線，非常強大，能控制人的行為，也就是說，萊德的確是個巫魔。

氣波還在源源不斷地射進南森的大腦，南森有種迷幻的感覺出現，但是他完全能控制自己。南森默唸魔法口訣，身體裏形成了一圈反射線，把那些氣波反彈了出去。

「嘩——」的一下，南森頭部出現了一道藍色的光，

萊德的氣波是無影無形的，但是南森的反射線是藍色的，把那股氣波推出後，藍光也出了身體。

南森睜開了眼睛。

「啊——」萊德嚇了一跳，他看到了藍色的光，也看到了南森睜開眼睛。

「萊德醫生，不，你不是醫生，你在控制我，你使用了卑鄙的手段控制病人，我說得沒錯吧。」南森說着站了起來。

「你、你——」萊德向後退了兩步。

「想知道我是誰？可以告訴你，我是魔幻偵探所的南森。」南森說着默唸還原口訣，此時固形魔藥的效力基本耗盡，南森也不需要變身掩護了。他變回了自己的本來面貌。

「南森——南森——」萊德驚叫起來，他看到了變回自己的南森，他知道南森這個魔法大偵探，「南森——」

「你不要想着抵抗，束手就擒吧。」南森一隻手放進口袋，擠壓了一下硬幣大小的警報器，消防通道的海倫等人立刻就會接到通知，「老老實實地告訴我，你對艾德蒙和伯尼做了什麼？你在控制他們……」

「我、我……」萊德說着突然一抬手，一道閃光射了

出來，直奔南森的面部。

南森一閃，閃電射向窗戶，「噹——」的一聲就擊碎了玻璃，閃電擊破玻璃後飛出窗外。萊德轉身就跑，他拉開門向大門衝出去。

南森立即跟上。萊德快步跑向大門，距離大門還有幾米，突然，大門被推開，海倫他們迎面走了進來。

「你們預約了嗎？」前台的護士站了起來，問道。不過護士隨即發現情況不對，衝進來的人都瞪着萊德。

前面是海倫他們，身後是南森，萊德被夾在了中間，他看着海倫，後退了幾步。

「你被包圍了，你跑不了的。」本傑明喊道，「我們是魔法偵探，你這個巫魔！」

「我……你們放過我，一切都好商量。」萊德忽然不那麼驚慌，平靜下來，但還是比較激動，他比劃着，「我可以給你們錢，兩百萬鎊怎麼樣？你們開偵探所怎麼也賺不了這麼多錢的，我知道你們辦的很多案子都不收費，兩百萬鎊能讓你們這輩子都享受富貴……」

「我們對錢不感興趣，我們對你比較感興趣。」本傑明嘲弄地説，「跟我們去魔法師聯合會，我們在那裏好好談一談。」

「我不會去的，你們別想。」萊德再次露出兇相，他咬牙切齒的。

海倫把捆妖繩拿了出來，向前走了一步，派恩也拿出了一根捆妖繩。萊德不由自主地後退了兩步，但是身後就是南森，南森看着萊德，並沒有急着動手，萊德也警覺地看着南森，他雙拳緊握，準備着抵抗。

「啊呀——你們這是要幹什麼呀——」護士看着對峙的雙方，滿臉驚慌，「不要打呀，不要打呀——」

「趴下，不要動，就趴在前台下——」海倫大聲地命令道。此刻，護士躲在前台下是最安全的，一旦交手，他們不會打到前台裏。海倫他們也會注意保護護士不受傷。

「救命呀——要打起來了——」護士大聲喊着，高舉着雙手，忽然從前台跑了出來。

「不要出來——」海倫連忙制止她。

護士可不聽海倫的，她從前台側面跑了出來，這時，萊德上前幾步，一把就抓住了護士，他用手指抵住了護士的脖子。

「你們不要過來——過來我就殺了她——」萊德大喊着，威脅着大家。

「啊——萊德先生，我可沒有得罪你呀——不要殺

為什麼護士不躲在前台下面，而是跑出來呢？

我——」護士嚇得哭了起來，幾乎都站不住了，她被萊德捏着脖子，「我按時上下班呀，我就是上班的時候愛看手機，可是是因為我們這裏實在沒有病人呀——」

「珍妮絲——」萊德惡狠狠地喊道，他喊着護士的名字，「閉嘴，別説話。」

「你不要傷害她——」南森説，「她是無辜的——」

「你們後退——後退——」萊德背靠着牆壁，挾持着護士珍妮絲，看着門口的海倫等人，又看看這邊的南森。

南森他們無奈，都後退了兩步。萊德可是巫魔，他能瞬間殺死珍妮絲。

「不要攔着我，聽到沒有，不要攔着我，否則我就殺了她——」萊德挾持着珍妮絲向大門走去，他瞪着海倫他們，「你們後退——後退——」

「救命呀——」珍妮絲又喊起來，「救救我……」

「閉嘴，珍妮絲——」萊德邊説着邊向前走。

海倫他們無奈地閃開一條路，萊德推搡着珍妮絲快步走過。這時，一道小小的弧線閃光從派恩手中劃出，落在了萊德的後背上，一個圓圓的黑色小球黏在了萊德的衣服上，萊德看不到後背的情況，但是感覺到了。「唰——」的一下，萊德的後背出現閃光，那個小球頓時被彈開，掉

在了地上。

「跟蹤球。」萊德先是看看地上的小球,再看看派恩,「還想跟蹤我嗎?」

派恩有點尷尬地笑了笑。

「你們敢跟着我,我立刻殺了她。」萊德看看大家,惡狠狠地説。

「你不要傷害她呀。」南森先是上前幾步,隨後停下,表明自己沒有攻擊意圖。

「停在原地——」萊德喊了一句,隨後挾持着珍妮絲走消防通道向樓下跑去。

「萊德先生,別殺我——」珍妮絲哀求的聲音從消防通道那邊傳來。

一聲關門聲,萊德挾持着珍妮絲跑了。南森他們預想到在城區裏抓捕萊德可能會出現劫持人質的情況,不過萊德這次劫持的是自己診所的護士。大家只能看着萊德跑掉,毫無辦法。

第十章　管理員的證實

「博士——怎麼辦——」派恩着急了,他回過頭,大喊起來,這樣眼睜睜地看着萊德跑掉,很明顯,萊德就是巫魔赫萊格。

南森沒有説話,低着頭想了一會。本傑明此時想追出去,被海倫拉住,如果萊德發現被追蹤,是有可能傷害人質的。但是萊德真的跑了,那就可能再也找不到了。

「我們還有機會。」南森突然説,「珍妮絲有問題。」

小助手們全都愣住了,南森揮揮手,讓大家跟着他,他們出了診室,走消防通道下樓,此時萊德押着珍妮絲已經逃走幾分鐘了。

南森他們徑直來到大廈的進出大門,那裏有一個大廈管理員,坐在前台,他大概三十多歲,穿着一身制服,南森他們每次進出都能看見他。大廈進出人員較多,外來的人要找裏面的租戶,都會詢問他。

「你好,二樓的萊德醫生你知道吧?」南森走過去問

管理員。

「知道，他剛走。」管理員看看南森，「幾分鐘前吧。」

「和他一起的還有他們診所的護士珍妮絲，對吧？」南森又問。

「是的。」

「我想，萊德醫生並沒有挾持珍妮絲吧？」南森像是什麼都明白一樣，問道。

「挾持？你說挾持？」管理員很是吃驚地說，「為什麼要挾持？他們都是萊德診所的，萊德先生為什麼要挾持珍妮絲？噢，對了，他們倒是飛快地跑出去的，好像有點驚慌，不過絕對沒有挾持。」

「我想……」南森頓了頓，「一定是萊德先生在前面跑，珍妮絲在後面，對吧？」

「這個……」管理員有些疑惑地看着南森，「是的，萊德跑得快，珍妮絲跑得慢，她穿着高跟鞋呢，我還想過去問問他們要不要幫忙，他們跑出門攔了一輛計程車就走了。」

「這真不是挾持呀，這哪裏是挾持呀？」派恩在一邊喊了起來，「這明明是……一起逃跑呀。」

　　「我再複述一遍，你看對不對？」南森嚴肅地看着管理員，「萊德和珍妮絲先後跑出來，萊德在前面，珍妮絲在後面，跑出大門後一起攔了一輛計程車走了。期間沒有任何挾持的動作。」

　　「沒錯，沒錯。」管理員點着頭說。

　　「這裏有閉路電視。」本傑明指着大廳頂部，「可以看錄影片段。」

　　「先生，你們有什麼需要幫助的嗎？」管理員不知道南森他們的目的，「不過如果要看錄影片段，必須有警方的許可……」

　　「不用了，謝謝你。」南森擺擺手，「我全都明白了。」

　　「博士，我們還不是很清楚……」本傑明在南森身邊問道，他一直都是一副焦急的樣子。

　　「去車裏，我們下一步要找到珍妮絲的家。」南森不動聲色地說，隨後向大門外走去，他一邊走一邊掏出電話，打給了麥克警長。

　　南森他們回到車裏，關上車門。保羅一直在裏面等着，他可沒有等到萊德飛出窗外。這次沒等到小助手們發問，南森直接轉過頭，看着後排的三個小助手。

「剛才珍妮絲從前台衝出來逃跑，我是有疑問的。」南森說，「首先，我們在前台外對峙，她在前台裏面，本傑明已經說明身分了，說我們是偵探，萊德是巫魔，這時有封閉起來的前台作保護，她是相對安全的，完全可以藏在裏面，不需要跑出來。其次，她跑出來的時候，從萊德眼前經過，並沒有立即逃走，而是故意停頓了一下，這個我關注到了，這明顯就是等着萊德去挾持她，她完全是自願的，這樣做的目的，就是暗中幫助萊德脫身，他們其實是聯合起來做了一個綁架人質的局。」

「啊呀，是這樣的，我想起來了。」本傑明大叫起來，「我也看見了，珍妮絲跑出前台後停在了那裏，她從前台衝出來明顯就是想從大門逃走的，為什麼要停那麼一下呀，就是想故意被挾持。」

「我當時略有猶豫，推斷珍妮絲故意被挾持，但是這個時候不能真的按這個推斷去攻擊萊德，萬一珍妮絲就是人質，那麼生命就會受到威脅，簡單說就是我不能去賭珍妮絲確實和萊德合謀。」南森的語氣帶有一些遺憾，「不過剛才管理員提供了確實證據了，哪有劫持者在前面跑，被劫持者在後面緊跟的事呀？兩人出門還一起攔計程車，這就是一個局，珍妮絲也很狡猾，她也是賭，賭中了我們

105

當時不敢輕易展開攻擊。」

「可是珍妮絲為什麼要這樣做呢？她難道也是巫魔？」派恩疑惑地問。

「她不是，她要是巫魔，那麼兩個巫魔就可以直接拚殺出我們的包圍了。從珍妮絲逃竄的情況看，她就是一個普通人。」南森解釋説，「但是她一定被萊德收買了，你們想想，萊德這個診所根本就沒人來看病，偶爾來兩個也被萊德故意氣走了，萊德的收入唯一依靠的就是艾德蒙和伯尼，而這種收入是異常的。這些事情，外人可能不知道，但是珍妮絲一定一清二楚，所以萊德要收買她，應該給了她很多錢，她才掩護萊德，也願意掩護萊德逃走，否則萊德被抓，她不但拿不到錢，還會被追究包庇萊德的罪責。」

「博士，我明白了。」海倫點着頭説，「還有一點我一直想問呢，在診所裏到底發生了什麼，你是怎麼知道萊德是個巫魔的？」

「萊德對我施魔法。」南森説道，「精神控制類型的魔法，我只是稍微感知了一下，立即判斷出來了，施展這種惡毒魔法的傢伙當然不是巫師就是魔怪，我立即就出手了，結果他跑出門，被你們截住。」

「精神控制魔法。」海倫想了想，「博士，這樣説萊德是通過精神控制使得艾德蒙和伯尼不斷前來，最終控制兩人達到他的某種目的，是這樣吧？」

「沒錯。」南森點點頭，「具體是怎樣的手段，為何造成兩人如此消瘦，抓到萊德再問。」

「博士，現在你也不知道萊德逃向何處吧？」海倫皺着眉，「我剛才聽你給麥克警長打電話，查詢珍妮絲家的地址，這是一個方向吧？」

「萊德身分暴露，不敢回家了。」南森説着看了看手錶，「但是珍妮絲故意讓他挾持走，這點他不可能知道已經被我們偵破出來了，所以珍妮絲可能回家拿東西後跟隨萊德潛逃，珍妮絲走得匆忙，連隨身的背包都沒拿走，一定會回家取走一些東西。她一定也覺得沒被我們識破，所以查到珍妮絲家，我們隱藏在附近，到時候跟上她，就能找到萊德。」

「那麥克警長怎麼還不來電話呀？珍妮絲可能都回家了吧？」派恩聽到這話，着急起來。

「驚魂未定，萊德和珍妮絲跑掉後，現在應該在某個地方商量未來該怎麼辦呢。」南森説，「他們怕被我們暗中追上，要躲一下才敢露頭的，不可能輕易又開始招搖過

市，所以珍妮絲現在還不敢回家。沒關係，等一下麥克警長。」

「你剛才在電話裏還和麥克警長説要盯住萊德的賬戶。」本傑明説。

「萊德匆忙逃走，沒有帶錢，可能會去取錢，畢竟他們逃走需要錢，所以萊德的賬戶一動，就説明他在某地開始取錢了，這樣也能查到他的行蹤。」南森説。

「博士，你想得真是周全……」本傑明感歎地説。

這時，南森的電話突然響了，車裏頓時變得非常安靜，大家都看着南森。南森接通了電話。

「肯寧頓公園路1022號，C室，珍妮絲的住址……」麥克警長急促的聲音傳來。

「我們馬上趕到。」南森説着就發動了汽車。

半個多小時後，南森他們來到了珍妮絲的家，珍妮絲住在一個排房裏，麥克説這座排房裏有四個住戶，珍妮絲住C室。南森把車停在1022號斜對面一百多米的地方，珍妮絲見過南森他們所有的人，就這樣下車去探查有可能被珍妮絲認出來。另外，萊德也有可能一起來，因為珍妮絲逃走的時候還穿着護士服，家裏的鑰匙應該沒帶走，萊德可能來幫她開門。

「現在距離剛才事發已經過去了兩個小時，珍妮絲暫時還不會回來，現在是中午，估計下午她會回來。」南森判斷說，他看看保羅，「老伙計，你下車，珍妮絲沒見過你，C室臨街，你用透視眼看看房間裏的情況。」

「好的。」保羅立即說道。

車門打開，保羅跳了下去，隨後向1022號跑去。街上人很少，也沒人在意保羅。保羅很快走來到1022號大門口，站住後向裏面看着，不一會，他就跑了回來。

保羅快跑到車前的時候，南森半開車門，保羅跳了進來。

「房間裏沒有人，也沒有翻箱倒櫃後的景象，平靜得很。」保羅一上來就說，「珍妮絲沒有回來過。」

「好，那我們就守在這裏。」南森說，「可能要守大半天，誰要是下車，變化外形後再出去，珍妮絲隨時可能會回來。」

南森他們守在了車裏，大家都盯着1022號門口的街道。街上此時空無一人，大概因為這條街在郊外，非常的安靜。如果珍妮絲出現在這條街上，會被立即發現。

南森的老爺車裏空間狹小，坐久了會感到疲憊，但是大家都沒有下車活動，專注地盯着街上。大概一點多，海

倫變化了一下外表，下車去買了一些速食回來。派恩和本傑明半小時前就開始喊餓了，速食買回來，他倆很高興地吃了起來。

　　忽然，南森的電話響了起來，南森立即接聽了電話。

第十一章　跟蹤

「南森先生，剛才報警中心接到珍妮絲打來的電話，説她被萊德劫持後被扔到了倫敦西南部的沃金鎮，並沒有受到傷害，正在自己返回倫敦。」麥克警長急促的聲音傳來。

「明白。」南森説，他放下電話，看了看小助手們，「珍妮絲要來了，她在引導警方和我們關注一個方向，然後會從一個相反的方向逃走。」

「來了一輛計程車。」保羅一直看着窗外，忽然激動地叫起來。

不遠處珍妮絲家的門前，一輛計程車開過來，在門前不到五米的地方停下。緊接着，珍妮絲走了下來，她是一個人來的，還穿着護士服，計程車開走。珍妮絲四處看了看，沒看到什麼，她翻開門口的墊子，拿到墊子下的鑰匙，去開大門。

「嗯，有些人會把鑰匙放在門口的墊子下，看來珍妮絲也是。」南森看着正在開門的珍妮絲説，「她手上應該

有兩把鑰匙，一把開大門，一把開自己房間的門。」

「萊德不用來幫她開門了。」海倫跟着説。

按照計劃，如果萊德跟來，南森他們會就地展開抓捕，但是珍妮絲自己來，他們就要跟蹤珍妮絲。珍妮絲進了門後，保羅再次跳下車，來到珍妮絲家門旁，向裏面看着。

「博士，博士，珍妮絲在收拾東西。」保羅小聲地說，他身上有對講系統，能直接撥通南森的手機，「她倒是不太慌亂，她不知道被我們跟蹤了。」

「繼續觀察，保持通話狀態。」南森放下手機，看着小助手們，「一會她應該會提着箱子出來，叫一輛計程車，具體去什麼地方就不知道了，反正會是去和萊德匯合，我們只要跟上她就行。」

「博士，她收拾好了，她在打電話，要出來了。」保羅的聲音再次傳來。

「注意隱藏。」南森立即說。

保羅不慌不忙地向南森這邊跑來，跑到南森的車前，南森把車門打開一條縫隙，保羅跳了上來。那邊，門開了，珍妮絲提着一個不大的箱子走了出來，她很是警覺地看看四下，隨後來到了馬路邊，像是在等什麼。珍妮絲的表情有些焦急。

「她剛才一定打電話叫了計程車，車來後我們跟上。」南森看着前方的珍妮絲，不慌不忙地說。

果然，幾分鐘後，一輛計程車開了過來，在珍妮絲身邊停下，珍妮絲提着箱子直接坐到了車裏，計程車開走。等到計程車開出去一百多米後，南森發動了汽車。

「他是去找萊德匯合的，大家做好準備吧，我們要和萊德交手了。」南森邊開車，邊平靜地説。

珍妮絲乘坐的計程車一路向北駛去，方向果然和珍妮絲給警方打電話説的位置相反。計程車一路開着，南森很是小心地駕車跟在後面，和普通人跟蹤不一樣，南森他們會魔法，跟蹤的時候故意和珍妮絲的車拉開了很遠的距離，憑藉魔法遠視能力，南森能保證鎖定珍妮絲的車。這樣還可以讓珍妮絲不懷疑被跟蹤。

珍妮絲的車駛出了倫敦，直接上了高速路，南森隨後也上了高速路，借用前車進行掩護。

「車都開上高速路了，這段時間，他們到底跑了多遠？」海倫看着前方，有些疑問。

「跑不了多遠，珍妮絲應該很快就到了。」南森説，「無論如何，他們要先跑出倫敦，找個地方喘口氣，珍妮絲才回家的。」

不到一分鐘，計程車從一個匝道下了高速路，南森跟了下去，路邊的標牌顯示，這裏是倫敦東北面的布倫特伍德鎮地區。

計程車轉上一條路後，向東行駛，前方就是布倫特伍德鎮了，計程車在鎮的西面忽然停下。南森立即把車轉進

了旁邊的一條小路。

「保羅，跟上她。」南森説。

車門打開，保羅從車上跳了下來，隨即加快速度，轉向了計程車停下的那條路，保羅轉過去的時候，珍妮絲已經下車，計程車開走。

珍妮絲提着箱子，沿着路一直向前走，保羅遠遠地跟在後面。珍妮絲看到了身後的保羅，但是根本就沒有在意，不過她很警覺，一邊走一邊向身後看。隨後，珍妮絲掏出了手機。

「……醫生，我來了，一切順利……」珍妮絲説。

「沒有人跟着吧？」電話那邊，萊德的聲音傳來。

「沒有，身後只有一隻亂跑的小狗。」

「好的，吃的東西拿了吧？我們吃點東西，然後先去威爾士……」

保羅利用自己的遠端偵聽功能，把兩人的對話全部記錄下來，並傳到了南森那邊，此時的南森，還在車裏等着。

珍妮絲繼續向前，到了一片樹林旁，她又向身後看了看，保羅躲在了一棵樹後，觀察着珍妮絲。珍妮絲確定無人跟蹤，走進樹林。

「醫生——醫生——」珍妮絲走進去十幾米，也不確定萊德在哪裏，喊了起來。

「在這裏。」萊德從一棵樹後探出身子，招了招手。樹林裏的光線不是很好，但是景物都能看清。

保羅跟着來到樹林邊，他的雙眼放出無影無形的射線，鎖定了萊德和珍妮絲具體的位置。

「博士，能確定我的位置吧？珍妮絲和萊德匯合了，他們在樹林裏，距離我不到一百米。」保羅隱藏在一棵樹後，向南森報告了方位。

「我們隱身下去。」南森說，「過去後圍住萊德，然後展開抓捕。」

南森他們各唸隱身術口訣，隨後一起在車廂中「消失」。車門打開，隨後又關上。隱身的魔法偵探們下了車，和保羅保持着聯繫，來到了保羅藏身的樹後。保羅沒有隱身，他指着前方。

「就在那裏，珍妮絲好像拿來一些食物，兩個人正在吃。」

「海倫，你從左邊包抄。本傑明，你去右邊。派恩，你轉到他們的身後。」南森開始安排，「老伙計跟着我，到位後我們慢慢靠過去，珍妮絲沒什麼抵抗力，我們主要

抓萊德。」

小助手們都點點頭，隱着身按照南森指明的位置行進過去，很快，一個包圍圈就形成了。派恩最後一個到位，他們用對講耳機聯繫，保羅向樹林發出的探測信號探明萊德和珍妮絲就在樹林中。

「收縮包圍圈。」南森小聲地説，隨後向前走去，保羅連忙跟上。

樹林中，萊德和珍妮絲吃着麵包，他們想吃些東西，隨後開始逃跑。萊德以為擺脱了南森他們的追捕，此時倒是很放心地吃着東西。

「看看，那隻小狗也跑到樹林這裏了。」珍妮絲看見了走過來的保羅。

「什麼？」萊德疑惑地看着珍妮絲指的方向，看見保羅的身影在樹叢中閃過，「是剛才你看到的那隻小狗嗎？」

「是呀，白色的。」珍妮絲説。

「不對呀，怎麼會跟進來呢？」萊德感覺到了什麼，忽然緊張起來，隨即就站了起來。

「怎麼了？有什麼問題嗎？」珍妮絲也站了起來。

萊德的正面，保羅已經不需要掩護，直着衝他走來，

其實保羅的身邊就是隱身的南森，萊德的左右和後方，海倫他們也包圍過來。

「這是……」珍妮絲看見走過來的保羅也感到很奇怪。

「不好，不好——」萊德明白了什麼，他想利用魔法看過去，他看到保羅身邊的灌木在動，好像有個人穿越灌木叢走來，但是看不到人形人影，他感覺到有人在隱身前進。

「唰——」的一下，南森自己顯出了真身，萊德大吃一驚。「唰——唰——唰——」海倫他們也顯出了真身。

「啊——」珍妮絲嚇得抱着腦袋，躲到一棵大樹的後面。

「萊德醫生，啊，應該是赫萊格，你最好不要抵抗，我們去倫敦魔法師聯合會，把整件事説清楚。」南森一邊向萊德靠近，一邊説。

「你們——」萊德先是看看南森，隨後看了看左側和右側的海倫、本傑明，「你們怎麼追到這裏的……啊，珍妮絲，你把他們帶來的？你拿了我那麼多錢，你出賣我——」

萊德突然暴跳如雷地叫着。

「醫生，我沒有呀，醫生，你説什麼呢？」珍妮絲倒是感到委屈了，蹲在樹後，哭喊起來。

「你跟我們走，我來告訴你是怎麼被發現的。」本傑明手裏拿着捆妖繩，嘲弄地説。

保羅跟在南森身邊，瞪着萊德，露出了牙，好像要撲上來的樣子。

「我……」萊德忽然看了看不遠處的珍妮絲，他抬起手，向珍妮絲射出一道閃光。

珍妮絲傻傻地看着萊德，也不知道躲避。那道閃光直射向珍妮絲的頭部，距離珍妮絲不到半米的距離，「咔——」的一聲，南森射過去一道閃電，擊中了那道閃光，閃光改變方向，射在一棵樹的樹幹上，「咣——」的一聲炸響後，樹幹被閃光射出一個大洞。

「啊——」珍妮絲嚇得大叫起來。

「他這是要殺人滅口，防止你説出他的罪行。」南森看着珍妮絲，「珍妮絲，躲遠一點，他要殺了你——」

「醫生，你這個壞蛋——」珍妮絲邊跑邊喊，保羅衝過去護送珍妮絲，「你讓人家上癮，你騙人家錢——」

保羅帶着珍妮絲跑出去五十米，讓珍妮絲躲在一棵樹後，告訴珍妮絲就待在這裏，隨後轉身回來。剛回來，

就看見萊德已經轉身向派恩那邊衝過去，他要突出重圍逃走。

派恩一點都不懼怕，看見萊德衝上來，他迎了上去。萊德一拳打過去，派恩用手一擋，發現萊德力氣極大，但是派恩努力地撥開萊德的拳頭，同時一腳掃過去，想把萊德掃倒。

萊德跳了起來，派恩掃空。這時，本傑明大跨步地從一邊衝過來，對着落地的萊德就是一拳，打在了萊德後背上，萊德一個踉蹌，差點被打倒在地，還沒站穩，海倫一腳踢過來，萊德被踢中腰部，叫了一聲滾到地上。

「嗨——」海倫高高躍起，雙腳猛地踩下。

萊德就地一滾，躲開了攻擊，他翻身爬起來，海倫他們一起撲上來，圍着萊德展開攻擊。保羅看中一個空檔，撲上去狠狠地咬了萊德一口，隨即聽到了萊德的慘叫聲。

「叫你跑，叫你跑……」咬了萊德的保羅退到一邊，隨後又開始找機會。

萊德被圍攻，他身上又被本傑明砸中一拳，他大叫着，退到一棵高大的樹前，以樹木為掩護，這樣他就不會受到身後的攻擊了。萊德大吼一聲。

「鋸輪手——」

隨着萊德的魔法口訣，他的雙臂輪轉了起來，隨即變成兩個高速旋轉的「電鋸」，萊德舞動兩個「電鋸」，突然撲了上來，海倫他們感到了「電鋸」轉動的巨大風聲。萊德雙臂不一樣長，但是這並不妨礙他實施這個法術。

「小心——不要接觸他的手臂——」南森分開退回來的小助手，迎了上去。

萊德的兩支「電鋸」揮舞着，非常兇猛，他的「電鋸」掄到了一株樹，「咔咔——」的一聲，樹幹頓時就被鋸斷。

「千噸鐵臂——」南森也唸出魔法口訣，他的雙手變長，變成了兩條粗粗的鋼柱。

南森把雙臂掄上去撞擊萊德的「電鋸」，「滋——咔——」，巨響傳來，南森的手臂上飛濺出金屬火花，就像是手臂被鋸切割一樣。南森當然不會讓萊德切割下去，他抬起手，隨後再砸下去，火花又飛濺起來。

「你們去找藤條——」南森一邊對抗着萊德，一邊轉身看了看幾個小助手，大聲地喊道，「往他手臂上扔——」

很多樹上都有藤條，海倫他們立即按照南森的指令，斬斷藤條，隨後拖着長長的藤條衝了上來。

「甩進去——」南森大喊着。

本傑明舉着長長的藤條，向萊德的雙臂拋去，「咔——」的一聲，藤條的前段當即被切斷，不過隨後海倫和派恩連續拋過去藤條，「咔——咔——咔——吱——」，一陣聲響過後，萊德的一條「電鋸」手臂被藤條纏住，怎麼也旋轉不起來，完全卡住了。隨即，本傑明他們又把其餘的藤條一起拋向萊德的另一隻手臂，這條「電鋸」手臂隨即又被卡住，只見萊德的雙臂纏繞着藤條，怎麼甩也甩不開。

南森這時掄起雙臂就砸了下去，萊德慌忙舉起雙臂迎擊，「咣——」的一聲，南森和萊德的雙臂撞在一起，萊德的手臂差點斷了，還好有藤條阻隔了一下。他慘叫一聲，身體連連後退。南森舉着雙臂又砸下去，萊德連忙又退幾步。

「火焰手臂——」萊德唸了一句魔法口訣。

「呼——」的一聲，萊德的手臂上翻滾起數條火焰，火焰沿着藤條燃燒，藤條頓時化為灰燼，萊德擺脫了束縛。這時，海倫和本傑明從側面衝出，展開攻擊，萊德掄起手臂，火苗撲向海倫和本傑明。他倆連忙後退。萊德見狀也退了兩步，他總是想着逃跑，但是向後一看，不知什

麼時候，派恩又繞到他的身後，阻斷了他逃走的道路。

「嗖——」海倫向萊德拋出一根捆妖繩，繩子飛到萊德身前，萊德一把抓住捆妖繩，扔了出去。派恩看到萊德沒有一點俯首就擒的意思，大喊一聲又撲上去。

第十二章　助戰召喚

萊德轉身看到派恩撲來，一拳就打了上去，派恩迎面也是一拳，雙拳相對，派恩倒退幾步，差點摔倒，萊德則只是晃晃身子。這邊本傑明一腳踢了上來，隨即海倫也飛起一腳，三個小助手上來圍攻萊德，南森看着機會，也準備出手。

「打──打──」保羅在旁邊，幾次找空檔想撲上去咬萊德。

萊德挨了幾下，忽然，他揮着手，大喊起來。

「助戰召喚──」

萊德喊出一句魔法口訣，他話音剛落，地上的一個枯樹樁和倒在地上的三個枯樹幹全都一顫，樹樁從地面上拔出樹根，變得能夠行走，突然撲向派恩，並掄起一些樹根打向派恩，另外三個樹幹也都直立起來，樹幹上的樹枝揮舞着，打向南森他們。

「啊──樹枝都活了──」保羅在一邊驚叫起來。

南森他們立即招架，和樹枝、樹樁打在了一起，他們

都很意外，沒想到萊德的魔法手段這樣高超，還能施展法術召喚助戰幫手。

「哈哈哈——」萊德得意地大笑起來，隨後就要跑。

萊德剛跑一步，發現褲腳被什麼纏住，低頭一看，只見保羅咬住了他的褲腳，還狠狠地瞪着他。萊德用力一甩，保羅咬着褲腳被掄了起來，但是就是不鬆口，萊德對着保羅一揮手，一道電光射向保羅，保羅連忙一閃，躲到一邊。

萊德再次想跑，保羅衝上去，張嘴又是一口，萊德被咬中，疼得叫起來。

「火攻——」南森在一邊提醒和樹幹、樹樁交手的小助手，隨即用手指向一根樹幹。

「呼——」的一聲，一股火焰撲向樹幹，那根樹幹立即燒了起來，隨即倒下。小助手們馬上仿效，一股股火焰撲向枯樹幹和樹樁，幫着萊德解圍的樹幹和樹樁立即變成一個火團，隨即灰飛煙滅。

保羅阻礙了萊德的逃跑，此時萊德把保羅踢到一邊，不過南森已經騰出手來，一拳就砸在萊德的後背上，萊德爬起來，看到燃燒變灰的樹幹和樹樁，也知道被南森找到了破解自己魔法之術，他只想着逃跑，已經沒有了半點抵

抗意志。

　　萊德爬起來後想繼續逃跑，前面，海倫和本傑明跑過去，各拿藤條的一頭，用力一拉，萊德當即被絆倒。海倫和本傑明反手用藤條壓在萊德身上，萊德掙扎着爬起來，但是沒有成功。

　　「嗨——」派恩大喊着從天而降，跳到萊德後背上，對着他的腦後猛擊一拳，萊德慘叫着趴在地上。

　　派恩掏出一根捆妖繩，飛快地綁住萊德，海倫扔下藤條，跑過去用自己的捆妖繩加固綁住了萊德。萊德被兩根捆妖繩綁住，動彈不得。

　　「行啦，跑不了了。」本傑明走過去說，「別掙扎了，白費力氣。」

　　萊德又掙扎了幾下，根本就不管用，他垂頭喪氣地趴在地上，喘着氣，滿臉的怨恨。

　　「把那個珍妮絲帶來。」南森站在萊德身邊，說道。

　　本傑明和保羅過去，把不遠處瑟瑟發抖的珍妮絲帶了過來，珍妮絲本想着跟萊德一起逃跑，沒想到萊德要殺自己滅口，她也沒地方去，只好躲在樹後聽候處置，眼看着一場惡戰，萊德被抓住。她最後乖乖地跟着本傑明和保羅走了過來。

「假醫生，護士，噢，護士可能是真護士，都到齊了。」南森笑了笑，「謎底要揭開了……」

海倫和派恩把萊德扶起來，讓他坐在地上，被捆得結結實實的萊德坐下，低着頭，垂頭喪氣的，他看到珍妮絲，氣呼呼地咬了咬牙。

「還敢看我──」珍妮絲衝上去就打，「剛才你還想殺了我……」

海倫和本傑明連忙把珍妮絲拉開，珍妮絲叫罵着，隨後看看南森。

「老妖怪……啊，不對，老巫師……」珍妮絲也知道自己用詞不當，「老怪獸……啊……」

「魔法師！」派恩在一邊糾正，「你可真是笨呀。」

「魔法師，魔法師，老魔法師。」珍妮絲連忙改口，「這個萊德的事我都知道，我就是收了他一點錢，我沒做壞事，萊德才是壞蛋，他控制了兩個富翁，兩個富翁每月都給他十萬鎊，不過我不知道他怎麼控制的，但是一定控制了兩個富翁，他用惡毒的手段。」

「萊德，說實話吧，你就是赫萊格，對吧？」南森蹲下身子，問道。

「你怎麼知道我是赫萊格？」萊德反問道。

　　「可以告訴你，是因為你明顯的身體特徵，長短不一的手臂，我看過你詳細的資料，你曾被格拉斯哥的魔法師追捕的事我一清二楚，你再怎麼掩護身分也沒有用的。」南森説，「所以我知道你的底細，但是的確不知道細節，你要是不説，最多我花些時間，你看，你不肯説，珍妮絲可什麼都肯説，按照她提供的證據查下去，我們一定能全部掌握。」

　　「我説，我説。」萊德説着長歎一口氣。

　　「你是不是用精神控制操縱艾德蒙和伯尼在你這裏『治療』的？」南森直接問，「你這種治療和給人注射毒品沒什麼太大區別吧？」

　　「我……」萊德低着頭，「是，我用精神控制操縱他倆，每次來都施展魔法，用法術控制他們，讓他們上癮，嚴重依賴我。他們原本都有一些憂鬱情況，這才找心理醫生治療，我施展的法術讓他們獲得暫時的精神愉悅，似乎沒了煩惱，但是他們的身心受到了不易察覺的傷害，這點他們都不知道，反而乖乖給我錢，我要多少就給我多少。他們很多生理功能都受到了損害，消化系統受損表現的消瘦是最表面的，其他的心肝肺等功能都嚴重受損了，其實就和吸毒的後果類似。」

「你是怎麼認識艾德蒙和伯尼的呢？」南森又問。

「一家拍賣公司舉辦的客戶酒會上認識的，這種拍賣公司的客戶都是大富翁，我弄到一張請柬，混了進去。」萊德毫無表情地說，「進去以後我就找目標，我說我是一個著名的心理醫生，當然，不是每個人都要看心理醫生，但總會有幾個需要的，我就對他們說我有多厲害，我當然厲害，只要他們肯來，我就能讓他們上癮，一上癮就走不了。結果艾德蒙和伯尼來了，因為他們都因為經營壓力出現了些心理問題，於是就成了我固定的……病人。」

「所以說你根本不是心理醫生，只是通過這個手段騙來富豪，再下手騙錢。」南森說出了自己的推斷結果。

「不是，我就是個巫師。萊德醫生確實有醫生執照，但是在德國，他曾經在新西蘭開業，我當年被抓捕，逃到了德國，在德國的時候偷竊、偽造了他所有資料，偷偷溜回英國，沒敢再回格拉斯哥，而是來到倫敦。我用他的身分開了心理醫生診所，利用這間診所吸引富豪病人上鈎。」

「怪不得有人在德國見過你，可你是怎麼認識真的萊德醫生的呢？」

「我不認識他，我……我被通緝，逃到德國隱藏了一

段時間，為了避免被抓，在德國做了整容手術。在我做手術的那座大樓裏，看到了萊德醫生心理診所的牌子，我就想到了一個計劃，就是偽裝成心理醫生，給別人施魔法。牙科或者眼科醫生我也不懂技術，心理醫生就不一樣了，只要來，我就立即讓上鈎的人上癮，實際問題我也解決不了，但是病人中招後自我感覺良好，其實他們……」

「他們會中毒，最後會慢慢死去！」南森嚴厲地説，「你太惡毒了，你在格拉斯哥就殺過人了！」

萊德低着頭，不説話了，他的身體微微顫動着，大家都怒視着他。

「收入一般的病人你是不收的了，反正你也榨不出錢來，就匆匆趕走。」南森説着指了指派恩，「你還記得吧，他被你趕走了，因為他沒錢，而我的身分是有錢人，你立即對我下手。」

「我記得，我看到他就明白了你們是有計劃的。」萊德看看派恩，隨後又低下頭。

「那麼……你騙那麼多錢幹什麼？」南森問。

「我要買最頂級的魔藥配方，煉製最頂級的魔藥，把我短的手臂恢復，關鍵是我的整容手術還是不徹底，但是目前的整容技術也只能這樣了，所以我想用最頂級的魔藥

完全改變我的面貌和身高，讓魔法師永遠找不到我。」萊德説，「這需要大筆的錢，可惜……在完成之前，我還是被你們找到了。」

「她知道你所説的一切嗎？」南森基本上問出了想要的答案，指着珍妮絲説。

「不知道，不知道——」珍妮絲叫了起來，「他殺過人那些我不知道，我就知道他很厲害，能讓人上癮，我都不知道他是個巫師……」

「我的那些事，不會讓別人知道的。」萊德看了看珍妮絲，「珍妮絲是應聘來的，我們以前也不認識，但是她發現了我們診所的異常，我給了她一般護士十倍的工資，她就積極配合我了。」

「我也是為了錢……」珍妮絲帶着哭腔說，「我剛才假裝被挾持，掩護他走也是怕他給我很多錢的事被你們知道。我沒做過壞事……」

「你已經做了很壞的事了。」南森搖着頭說，隨後，看看小助手們，「把他們帶走吧，萊德，啊，就是赫萊格，交給魔法師聯合會，珍妮絲交給警方。」

一天後，從新西蘭方面的查證報告傳來，真正的萊德醫生的相貌和赫萊格的樣子完全不一樣，真正的萊德醫生心理診所，是從新西蘭搬去德國繼續營業的。

尾聲

「是誰——是誰——」海倫的喊聲從偵探所裏的廚房傳出來，隨後，她端着一個盤子走出來，很是生氣的樣子，「我說了，剛做好的布丁，冷卻下來吃最好！做了十個，誰偷吃了一個？」

「不是我。」派恩連忙說，「我在看漫畫。」

「不是我。」本傑明跟着說，「我在玩遊戲。」

海倫看看保羅，保羅也看看海倫，海倫無奈地搖搖頭，誰都知道，保羅可不吃布丁。

「哎，吃就吃吧。」海倫毫無辦法，放下餐盤向廚房走去，「我還做了巧克力蛋糕，也拿出來給你們吃，哎，不是不讓你們吃，就是給你們吃的，可偷吃之前總要洗手吧，一點也不講衛生……」

「你怎麼知道我沒洗手的？我洗手了呀。」派恩一臉無辜地說。

「哈哈——」海倫轉過身來，看着派恩。

「哈哈——」本傑明也看着派恩，大笑起來。

「啊——啊——」派恩明白過來，指着海倫，「你套我的話——」

「可真笨呀。」本傑明嘲弄地說，「派恩，我就知道是你偷吃的，我沒有吃，還有誰呀，不就是你嗎？不過我們早就習慣了，你就是這樣，嘴太饞……」

「博士，出來吃點心了。」海倫對着實驗室的門口喊了一聲，隨後走進廚房，把巧克力蛋糕也端了出來，蛋糕是切好的，每人一塊。

南森走了出來，誇讚着海倫的手藝。

「到底是先吃哪一樣呢？」派恩這時面對着一個布丁和一塊蛋糕，自言自語地說，「先吃布丁……啊，還是先吃蛋糕吧……到底先吃哪個呢？」

「啊——啊——」本傑明像是發現了什麼一樣，「本心理學大師發現了，派恩有精神問題——」

「本傑明，你說什麼呢？」派恩瞪着本傑明，「你什麼時候變成心理學大師了？我怎麼有精神問題？」

「雙重人格呀，分裂人格呀。」本傑明指着布丁和蛋糕，「一個派恩，兩個想法，也就是兩個人格，一個要先吃蛋糕，一個要先吃布丁。」

「本傑明，我只是在想先吃哪樣甜點，看你說成這

樣⋯⋯」派恩沒好氣地說道。

「這樣其實也很好，雙重人格。」本傑明話鋒一轉，笑着說。

「什麼？為什麼這樣很好？」派恩不解地問。

「遇上事可以有個人商量呀，哈哈哈⋯⋯」本傑明嬉笑起來。

「哇──哇──」派恩衝過去追打本傑明，「博士，你看呀，海倫套我的話，本傑明嘲笑我──」

南森和海倫看着他們兩個，全都笑了起來。

麥克警長，蘇格蘭場（倫敦警察廳）高級督察，南森和警方的聯絡人，也是一名大偵探，屢破奇案。當然，他所偵辦的都是人類世界中的案件。一起來看看他偵辦過的案件，運用你的推理能力，想一想他是如何破案的呢？

不怕被搜身的人

麥克警長受邀去參加一個婚禮，婚禮現場來的人可真不少，除了新郎新娘雙方邀請的賓客，還有很多孩子在草地上來回奔跑。婚禮是在一間酒店的草地上舉辦的，現場還有一個遮陽的大帳幕，帳幕裏有一張長桌，上面擺滿了各式食物，供來賓品嘗。

麥克覺得有點餓了，來到了大帳幕裏，準備拿幾塊蛋糕。長桌前也有幾個人在拿取食物。

「咦？怎麼不見了？」一個女士也在取蛋糕，她放下盤子，四處找着什麼，滿臉的疑問，「明明就在這裏呀。」

原來，女士剛才拿蛋糕時，有個孩子在她身後跑，撞

了她一下，她的手碰到蛋糕，手指和手背上都是蛋糕奶油，女士就把戒指摘下來，放在盤子旁，用紙巾開始擦手。擦乾淨手後，忘了戴上戒指就去取蛋糕了，結果端着放了蛋糕的餐盤走了兩步，想起來還有戒指，可回頭看戒指就不見了。

麥克連忙攔住一胖一瘦兩個男士，因為剛才這個區域除了女士，只有麥克自己和這兩位男士。麥克說明了情況，說包括自己在內，這個區域裏有個人拿了女士的戒指。

「你剛過來，我看見的，所以你排除在外。」女士對麥克說。

「我沒拿，我只顧着看食物呢。」胖胖的男士說。

「那麼，你呢？」麥克看着瘦瘦的男士，「我看見你剛才就在這位女士旁邊了。」

「我沒拿——」瘦瘦的男士叫了起來，他把放着蛋糕的餐盤放在桌子上，舉起了手，「你可以搜身呀，隨便你怎麼搜，搜出來我就承認。」

「你說的也不算錯。」麥克笑了笑，「不過……」

麥克警長找到了戒指，戒指就是混進婚禮現場這個瘦瘦的男士偷的，他根本不是賓客，就是想來偷東西。

請問，戒指在哪裏？

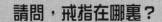

一宗宗離奇的跨時空罪案，
等待你一起來破解！

凱文 \ 張琳 \ 西恩
分析大師 **攻擊大師** **防衛大師**

最新第 4 冊《古堡迷影》現已出版
精彩內容簡介

　　除了穿越能力極強的人，其他穿越者如果要穿越到較遠的時代，當中存在很多困難和風險，所以會把穿越分成兩段或者三段，並在中途設立中繼站。

　　一天，設立在十一世紀圖林根的中繼站發生了傷人事件，中繼站負責人科爾登被飛鏢所傷。在科爾登昏迷前，他只説了一句話，表示城堡裏有「魔鬼」！

　　為什麼科爾登會去了城堡？城堡裏發生了什麼事？科爾登口中的「魔鬼」到底是誰？時空調查科將穿越到十一世紀的圖林根，把這些謎題一一解開……

新雅文化事業有限公司　　🅾 sunya_hk　　f 👍Like 新雅文化 🔍

魔幻偵探所 42

怪醫

作　　者：關景峰
繪　　圖：陳焯嘉
責任編輯：葉楚溶
美術設計：李成宇
出　　版：新雅文化事業有限公司
　　　　　香港英皇道499號北角工業大廈18樓
　　　　　電話：（852）2138 7998
　　　　　傳真：（852）2597 4003
　　　　　網址：http://www.sunya.com.hk
　　　　　電郵：marketing@sunya.com.hk
發　　行：香港聯合書刊物流有限公司
　　　　　香港新界大埔汀麗路36號中華商務印刷大廈3字樓
　　　　　電話：（852）2150 2100
　　　　　傳真：（852）2407 3062
　　　　　電郵：info@suplogistics.com.hk
印　　刷：中華商務彩色印刷有限公司
　　　　　香港新界大埔汀麗路36號
版　　次：二○二○年一月初版

ISBN : 978-962-08-7434-5
18/F, North Point Industrial Building, 499 King's Road, Hong Kong
Published and printed in Hong Kong